JN267682
彼女とカノジョの事情
憧れの乙女は男の子!?
嵩夜あや
illustration◎カスカベアキラ
美少女文庫
FRANCE SHOIN

プロローグ
～和実先生と謎の女子生徒？～ 7

美夜と紘子と
～エッチな脅迫写真を撮られちゃう！～ 25

探偵エルと好奇心
～紘子の正体を探れ!?～ 64

美夜は、ほんとうはかわいいんだから！
～変身と注目と、露出プレイ!?～
126

本当の紘子
～だました？　だましてない？
美夜とエルの終わらない夜～
181

エピローグ
～騒がしくも、平穏な日々……でもないか～
277

プロローグ　～和実先生と謎の女子生徒？～

「あっ……ちょっと、ダメ……」

白衣の奥、豊かなおっぱいへと二つの手が潜りこんでくる——その『ダメ』の半分はポーズだったけど、半分は本気だった。何しろ、まだカーテンを閉めてない。

このままじゃ、窓の外——校庭にいる生徒たちに自らの痴態を大公開するはめになる。保健室の養護教諭である和実《かずみ》としては、さすがにそれは非常事態だ。

「何がダメなんだか……いつもしてることでしょ、和実センセ？」

相手はそう言いながら、胸をまさぐる手を止めたりしない。

（……このヤロー）

和実はちょっとだけそう思ったが、今は安全の確保が最優先……そう思って、おっぱいを揉ませるままに任せて、窓のカーテンに手を掛けた。

「んっ、きゃうん……っ！」

ようやくカーテンの端をつかみかけたところに、相手の指がブラジャーの上から、和実の乳首を探り当てた。

「あ、ひゃぁぁ……ダ、メだってぇ……そこ、弱いのっ。ふぁぁ……っ！」

和実の手がカーテンを一瞬離してしまう。だけど快感と社会的信用を秤《はかり》に掛けて、ギリギリ理性が勝った――はっしともう一度カーテンの端をつかむと、そのまま一気にカーテンを引っ張る。シャッ、と小気味よい音がして、保健室は柔らかなクリーム色のカーテン越しの光に包まれた。

「はぁっ、はぁっ……もう。見つかったら、キミだってタダじゃ済まないんだからね!?」

「そうかな？　今のところ、私はこの学園の生徒名簿には載ってないんだけど……」

相手は、切れ長の瞳を妖しげにたゆたわせると、ニンマリと微笑んだ――肩口まで伸びた髪、整った面立ちに細い眉、すっと伸びた鼻筋、唇に引かれた鮮やかなルージュがよく映えている。学園女子制服のブラウスを第二ボタンまで開いて着崩したその姿を見ると、どちらが襲ったのか、襲われていたのかわからなくなる。

「……載ってるわよ。変装したくらいで別人になるワケじゃないのよ？」

「ははっ……」

その微笑みだけで、並みの童貞クンなら顔を真っ赤にして、声も出せなくなるに違いない——そんなコトを和実は思う。まあもっとも、相手の正体は……。

「まあ、そんなことはいいから、続きしようか——そのために、俺にこんな格好をさせたんでしょ？　和実」

その男言葉が、和実の淫欲のスイッチを入れ直す。そう、女の子姿の彼とセックスしたい……そうせがんだのは、他ならぬ和実自身だった。

「こんなに、かわいい女の子してるのに……ふふっ、凶暴なおちん×んね。ヒロコちゃん」

言葉に熱を籠もらせて、和実は彼のスカートをまくり上げる。パンティの下で窮屈そうにしている、すでに硬くなった屹立を自由にしてあげると、跳ねるように天を突いた。

「変な名前つけないでもらえます？」

「いいじゃない、紘子《ひろこ》ってことで」

そういうプレイ、ということらしい——『紘子』があきらめて肩を竦めると、それがオーケーの合図になった。

「じゃあ紘子ちゃん、お口がいい？　胸にしよっか？」

「じゃあ、今日は胸」

「ん……」

和実が白衣の前を開くと、張りつめたタートルネックがたわわに揺れる。

普段の和実は、大人の色香を残しながらも、後ろでざっくりと引っつめた髪にして、堅物なイメージだけれどややずぼら、けれど清潔感もそこそこにキープ——そんな、いかにも鷹揚な感じの、生徒に好かれそうな装いをしている。

男子生徒たちの間では『隠れ巨乳』として、密かに語られるその見事なプロポーションも、普段は地味な白衣の下に隠されている。

「ふふっ……」

ゆっくりと煽情的に服をまくり上げると、やがて中からブラに支えられた豊満なおっぱいが飛び出してきた。

「いつもながらすごいよね、和実さんのおっぱい。青少年には目の毒」

「ふふっ、当の青少年に言われてもなあ……きゃっ!?　ん、もう……！」

紘子の手がすっと和実の背中をなでると、ぱつん、と小さく音がして、白衣の奥でホックが外れ——豊かなおっぱいがまろび出た。それまで軽かった部屋の空気が、乳液の匂いが拡がるのと同時に、不思議としっとりとした濃密さを帯びてくる。

「んっ、はあ……ぁ………」

　ベッドの縁に腰掛けている彼の、反り立ったペニスの上へと、和実がボリュームのあるおっぱいをゆっくりとかぶせていき、谷間に挟みこみながら口を開くと、舌から唾液がだらだらと流れ落ちるに任せた——お堅い雰囲気の和実が魅せるそんなだらしない表情が、なんとも言えず煽情的だ。

「いいね。やらしい顔してる」

「——馬鹿」

　和実はちょっと恥ずかしそうに口を尖らせると、ゆっくりとおっぱいでペニスを擦り上げ始める。

「ふふっ、澄ました顔してても、気持ちのいいコトからは逃げられないんだから……」

「ん……っ」

　小さく舌舐めずりすると、和実はその豊満なおっぱいでペニスをしごき始める。その動きに合わせて、少女のように端整な紘子の顔が、背筋から這い上がってくる気持ちよさの電気信号に歪む——こうなれば、後は和実のひとり舞台だ。

「んっ、あぁ……おっぱいの中で、熱くて硬いのがどくんどくん脈打ってるのがわかる。んっ、ちゅっ……」

　ぎゅっと押しつけられた、たわわなおっぱいで左右からこすり上げる。谷間に収まりきらなかったペニスの先端が顔を出す。和実はそれに吸いつくと、舌先で亀頭とその裏側を口中でねっとりと舐め転がす。

「あぁ……気持ちいいよ、和実センセ……んっ、あぁ……っ」

「んっ、ぷぁ……ふふっ、素直でよろしい。じゃあ、もっと……」

そんな紘子の言葉に気をよくした和実は、さらに刺激の強さを上げてくる。

「じゅるっ……んっ、くちゅっ……」

鈴口を舌で舐《ねぶ》りながら、たっぷりのおっぱいでペニスを包みこむ。胸の谷間のぬるぬる、じっとりとした温かさと、百戦錬磨の和実の口撃に、さすがに湧き上がった射精欲が暴発寸前にまで高まってくる。

「ぷは、もう出ちゃいそう？　いいわよ、いつでも好きな時に……んっ、ぉふ」

それだけ告げると、和実は再びペニスをくわえこんでスパートを掛けてくる。

「っ……あ、ああ………っ!!」

とどめとばかりに舌先が尿道口をなでると、紘子の腰が軽く跳ねて、耐えていた憤りを和実の口の中へとぶちまけた！

「んぶっ……！　んっ、んう……んんっ……♥」

和実は挟んでいたおっぱいを緩めると、そのままペニスを奥までくわえて、最後の一滴まで精液を搾り出す。やがて律動が収まったのを見計らってから、ゆっくり顔を上げると――。

「んっ、お……ぁ」

口を開いて見せる。淫猥にぬめる舌の上には、吐精したばかりの白濁が躍っている……ゆっくりと唇を閉じると、目を閉じてそれをわざとらしく嚥下した。

一見堅物とも清楚とも言える容姿の和実がそんなふうに振る舞う様子に、彼のペニスも、一度吐き出して失いかけていた硬さを取り戻していた。

「もちろん、まだできるよね……？」

和実はにんまりと微笑んで、紘子をベッドに押し倒した。

「次はちゃんと、こっちに……♥」

またがって膝立ちになると、和実は腰を突き出して、中指と人差し指で自分の秘裂を左右に開いて見せた……薄桃色の媚肉には熱が籠もり、茂みでは愛液が雫をつくって滴っている。

「フェラだけで濡れるんだ……変態だね、和実先生は」

「そうね。でも、そんな格好をしてるキミに言われる筋合いはないかな」

言いながら、和実はゆっくりと紘子のペニスに狙いを定めると、腰を沈めていこうとする……が。

「ああっ!?　あ、うぁ……あ……ぁぁ…………！」

その寸前に、下から紘子が思いきり腰を突き上げて、勢いよく和実の膣奥までを一気にえぐり抜いた！　和実は一瞬腰を浮かせたが、そのまま力なくずぶずぶと自重で媚肉の中へと硬くなった剛直を迎え入れる。

「……油断大敵です、先生♥」

少女の顔でにこやかに微笑みながら、紘子は和実の腰を片腕で支えると、そのまま下からの突き上げで責め始めた。

「あっ、あう……っ！　ひゃっ、だ、だめぇぇ……！」

いきなり始まった快感の爆発に、和実は攻めっ気を全部持っていかれてあえぐ。なんとか上体を離そうとするけれど、膣奥の弱いところを的確にこすられて、脚に力を入れることができない……ぱちゅん、ぱちゅんと下から尻肉を叩く湿ったいやらしい音が部屋に響き渡る。

「だめぇ、き、気持ちよくしちゃ、だめらのぉ……！」

本人の意識と別に、ぐいぐいと快楽の階段を押し上げられて、気づけば和実は急流にさらわれた仔犬のようなあえぎを洩らして紘子にしがみついていた。

「……自分の思い通りが気持ちいいとか、そんなキャラじゃないでしょ、和実さんは」

そう言って小さく舌舐めずりすると、紘子はさらに突き上げ和実を責める。

「うっ、あっ、やぁっ……♥　んっ、んう……っ!?」

くたっとして、上体を紘子にあずけて為すがままになっていると、顎を取られてそのまま唇を奪われた。

「んっ、ふぅ……ぅあ、あっ、じゅるるっ……んんぅぅ……！」

淫猥な銀の糸をだらだらとこぼれ流しながら、舌同士が濃密に絡み合い、下半身の交わりをより脳の近くで再現する。耳に届くくちゅくちゅ、ねちょねちょというもうひとつの性交の音に、和実の脳裡で気持ちよさの信号が閃光のように跳ねて、理性をぐずぐずにとろかせてゆく……！

「んぁあ……っ！　き、きもちいい、いいよぉ……！」

――呼吸にあえぎ、唇を離したその瞬間に、和実の唇からはそんな言葉がほとばしっていた。

「ほら……やっぱりね♥」

耳元でソプラノ気味に『紘子』からささやかれると、和実はその官能にゾクゾクっと身体が震えた。まるで美少女にいいように犯されている――そんな錯覚に充たされたからだった。

「んっ、もっと……もっとあたしのおま×こぉ、ずぼずぼしてぇ……!!」

和実の声が少し甘くなり、それに気づいた紘子はそっと和実の頬に手を添え、頭をなでてから――。

「うあぁあぁぁ……っ!!　んおぉ……ぉあぁ……っ！」

力の抜けたところを、一気に下から、子宮に届くほどに激しく突き上げた！

目の前で、甘えた顔から一気に視界をぼやかせ、よだれを垂らした呆け顔に変わっていく……紘子は、小悪魔のようにいたずらめいた微笑みで、その様子を眺めている。

「ふふっ、学習能力がないわね……♥」

「あひゃひ……んやぁぁ、しょんなぁ、じゅぽじゅぽしひゃっららぁ……♥」

もはや言葉はその意味を成していない。焦点の合わない瞳で、幸せそうにだらしなく微笑む和実の顎を捕らえると、腰を打ちつけながら、ゆっくりと唇を合わせた。

「んぉお……ちゅぶっ、ちゅるっ。おっ！　ふぁぁ……くちゅっ、うんんぅ！　ぢゅるるっ……」

恍惚として紘子に身を任せている和実だったが、その身体が小刻みに震え始める……やがて訪れるであろう絶頂の先触れだった。

「ぷぁ……イクのね、和実？　もうイキたいのでしょう？」

「ふぁ、あ、あぁ……い、イク……あらひ、も、イクのぉ……！」

その間にも、だらしなく拡がった和実の下半身は、カエルのように脚を開いて、ぐじゅぐじゅに泡立った結合部も、力の抜けてひくひくと蠢く尻穴さえさらけ出しなが

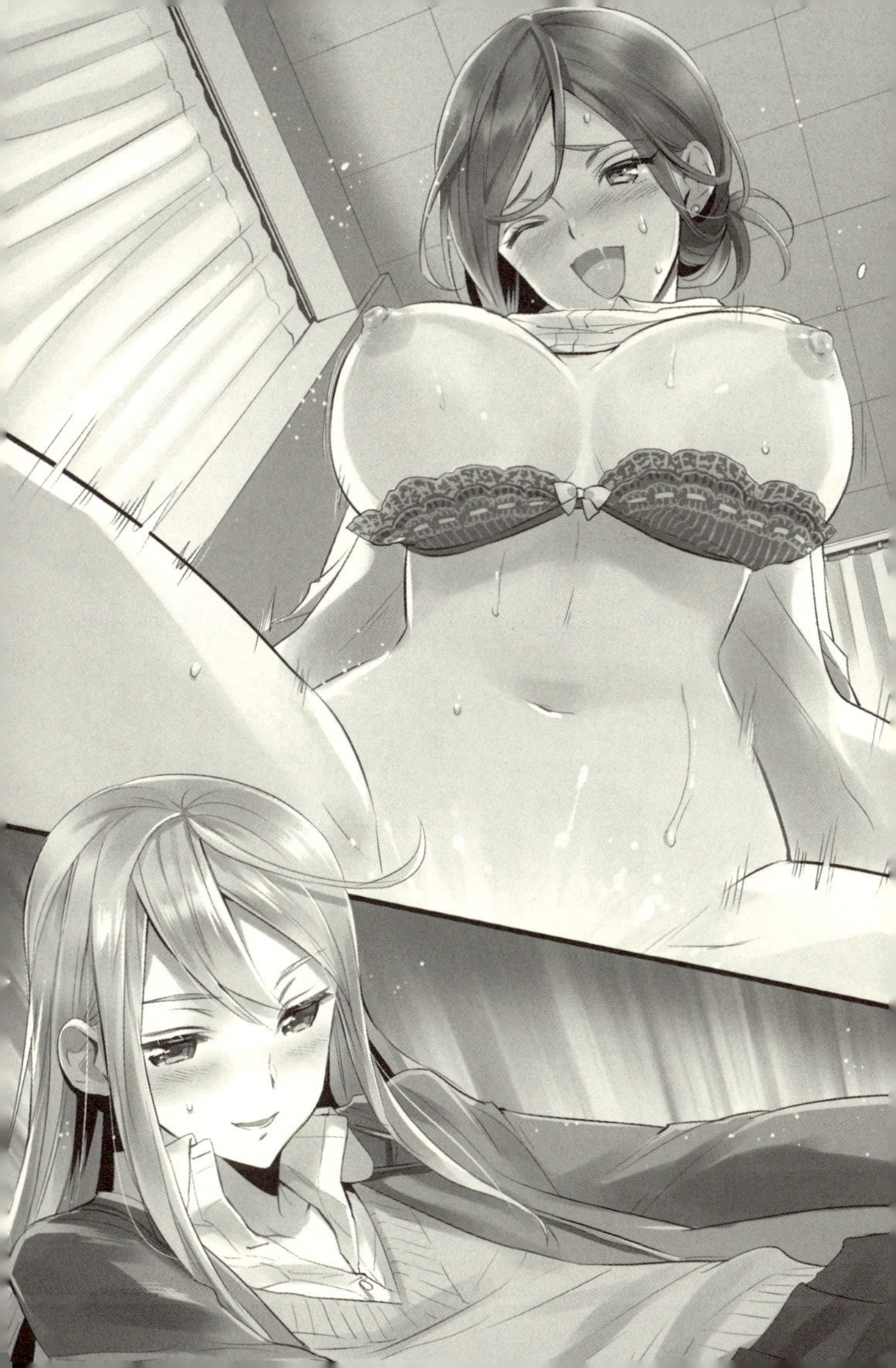

ら、下から叩きつけられるピストンの洗礼に身をゆだねていた。

「お！　おっ！　おぉ……イク、イグぅ……お、あぉぉ……！」

突き上げに、形のいい双臀をぷるぷると、まるで水気の少ないプリンのように揺らしながら、和実は最後の階段を昇りつめていく……！

「さあ……っ、それなら、お望み通り……っ、イキなさい、和実……っ!!」

紘子は和実の腰を押さえると、とどめとばかりにその膣内を暴発寸前のペニスで暴れ回り、突きまくった！

「あっあっあっあっ……！　あ、あぁあああぁぁぁぁぁぁ〜〜〜っ!!」

最後のひと突きで、鈴口が子宮の入り口をなでるようにキスをする……その瞬間、和実の背中に電流が奔《はし》って、派手な嬌声がその唇からあふれ出した……！

「っああ……！」

同時に、紘子の腰が跳ねると、和実の最奥へと白濁が勢いよく撃ちこまれた。そのまま数回、長めに痙攣させせると、想いの丈を全弾残らず膣内にぶちまける。

「ふぁ、あ、あぁ……おにゃかぁ、びゅくびゅくってぇ……♥」

やがて、硬さを失ったペニスが膣から抜け落ちると、ぽっかりと開いた膣穴から、後を追うようにどろどろと精液がこぼれ出していた……。

「ぶー。もう、なんで言うことを聞いてくれないかなあ、コーヘイくんは！」

身体の疼きが収まったあとで、和実は口を尖らせていた。

「聞いたじゃないですか。こんな格好を人にさせるとか、要望通りでしょ」

紘子――いや、紘平《こうへい》は女装姿のまま、男言葉で笑った。顔は美少女っぽく化粧をしたままなので、まるで吹き替えの洋画を観ているような違和感がある。

「あたしが主導権を握って、えっちしたいんだっつの！」

どうやら、攻める気満々だったところを逆に責め立てられたのが、和実にはお気に召さなかったようだ。

「けど、気持ちよかったでしょ？」

「いや、まあ、それは……そうなんだけどぉ……」

「じゃあいいじゃないですか」

「き、気持ちの問題でしょ！　キモチの！」

「だから気持ちよさそうにしてたじゃないですか。いじめたらうっとりした顔してたし……」

「確かに、美少女にいじめられるのは新鮮だったけどぉ……って、そのキモチじゃないっつの！　ハート！　ハートの問題！」

「いやー、単に思った通りにならなかったから拗ねてるだけでしょ、和実さんのそれって」

「ううう……」

妙齢の教師が、まるで子どものように愚図っているのを見て、紘平は愉快そうに笑っていた……。

彼、朝川《あさかわ》紘平は、この御先ケ丘《みさきがおか》学園の学生だ。

半年前に、養護教諭である高城《たかしろ》和実に粉を掛けられて、それ以降関係を持っていた――もっとも、和実は教師らしからぬ遊び人で、学園内にはペット然と飼い慣らされている学生たちが、男子、女子にかかわらず何人もいる。

紘平もそういった学生のひとりだが、他の学生たちと違うのは、紘平だけは、和実と立場を対等にしていると言ってもおかしくないところだった。

「――そういえば、最近ちょっと面白いことがあってね。知ってるかな？ 三年の宮原《みやはら》ってコなんだけど」

のんびり服を着て、髪をお堅いスタイルにまとめ直しながら、和実がそんな話を切り出した。

「さあ……私は和実さんと違って、かわいい生徒なら洩らさず記憶してる！ なーんて『生ける生徒名簿』とは違いますから」

からかっているのか、にっこりと微笑んだ紘平が女性口調で切り返してきて——和実はそれを聞いて唇を尖らせた。ソプラノ気味の声質が、無駄に柔らかな女性声に聞こえるから余計に始末が悪い。

「ホント、顔とエッチのテク以外はいけ好かないよね。紘平くんは」

「……とても養護教諭のセリフとは思えない。ま、それは褒め言葉だと思っておくけど。それで？」

くすくすと笑いながら、紘平が話を促すと、和実はつんとした表情は崩さずに続ける。

「マジメっぽいコなんだけどさあ……最近、あたしの『遊んでレーダー』に引っかかってる感じなのよね。でも、今までにないタイプのコでさ、しょーじき持てあましてるところなんだ」

和実には『火遊びをしたがっている』『後腐れがなさそう』といった相手の資質を見抜くレーダーを持っている……という自負があるらしい。きっと彼女自身が、根っからの火遊び好きだからなのだろう。

「で、手を出しても平気かどうか悩んでいる……ってこと？　そこを悩まないのがご自慢のレーダーなんじゃなかった？」

「うん、まあねー」

そう言いながら、けれどけらけらと愉快そうに笑う。和実としては、軽い寝物語のつもりなのだろう——鏡の前で自分の身だしなみを確かめると、入り口扉の鍵を開けて、掛かっているプレートを『不在』から『在室』にひっくり返した。

「自分の身だしなみだけ整えて、相手のことは放置……っていうのは、ちょっと迂闊《うかつ》なんじゃない？　和実センセイ」

紘平——いや、今の見た目は女の子にしか見えなかったけど、その服装はまだ乱れたままだった。

「なに言ってるの。どう見ても寝起きでボケてるようにしか見えないって」

「そう……？」

無頓着な和実の言葉に、紘平は妖しく微笑んだ——なぜならば。

「あ、あのう……失礼します」

豪快に開けっ放しにした扉の向こうから、頬をかすかに赤らめている女生徒が、顔を覗かせていたからだ。

「あらあら、宮原さん……今日はどうしたの？」

そうフランクに答える和実だったけれど、視界の隅に見えていた紘平の姿を見てギヨッとした！

「はぁ……」

着崩れた制服、わずかに開いた胸元に、寝乱れてはいるが艶っぽさを醸し出す髪にため息を添えて――トドメとばかり、首筋に和実がつけたと思《おぼ》しきキスマークが見えていた。もちろんワザとに違いなかった。

「あわ、あわわ……！　あ、あの！　しししっ、失礼しましたぁ……!!」

「えっ！　あ、ちょっ……!?　宮原さん……っ！」

バタバタと慌てふためいて逃げ出す女生徒を廊下まで追う……が、その姿は階段上へと消えており、和実は自らの失策に額を手で打つと、扉を閉めながら紘平をにらみつけた。

「紘平くん、ちょっと！　なにしてくれちゃうかな!?」

「なにって……こんなのは余裕だったんじゃないの？　高城センセイ」

紘平は艶やかににやりと微笑む……それは、小悪魔という言葉そのままの姿だ。

「……くそぅ。とことん破滅型ね、あんたってヤツは！」

「火遊びをするなら、もっと火元に用心をしないと――人類は火を使い始めてからもう百六十万年経ってますけど、未だに火事はなくなっていないんですからね。そういう意味じゃ、先生の方が破滅型でしょ」

「うぅわ、むっかつくわ……それなら火種のあんたが責任取りなさいよね！」

さっきまでの余裕に反して、子どもっぽいヒステリーを起こす和実にくすくすと笑いながら、紘平は身だしなみを整える。今度の笑い顔が無邪気に見えるのは、紘平にとっては、そういう和実の子どもっぽさが好き——ってことなのかもしれない。

「火種に火消しをさせようなんて……とても大人の女とは思えない無責任さだね。どうなっても知らないよ？」

「——慌てて消してボヤが燻《くすぶ》るよりは、類焼で全焼した方がまだしもだっつーの！」

無茶を言う。今の言葉をその通りに捉えるなら、宮原という子に言い訳をするくらいなら、いっそ巻きこんでしまえ……そういう意味になるんじゃないだろうか。

「はいはい……じゃあ、私はこれで☆」

それをわかってかわからずか、紘平はすっかりと慎ましやかな女生徒の姿に戻ると、ウィンクひとつ、なにごともなかったかのように保健室を出ていってしまった。

「…………ったく」

悪態を吐きながら、それでも和実は紘平に任せてしまうつもりのようだ。それも仕方のないところなのかも知れない。野放図だけど頭はキレるし——何より。

百戦錬磨の和実を、エッチで逆に陥落させてしまえる唯一の相手なのだから。

美夜と紘子と

～エッチな脅迫写真を撮られちゃう！～

「……こんにちは」

そんな紘平が、逃げ去った宮原という生徒を見つけたのは、その日の放課後、静まり返った図書室の中だった。

「あっ、はい……何かご用で……っ!!」

カウンターで声をかけられ、そちらへ振り向いた瞬間、彼女は表情を引きつらせた。

「宮原──美夜《みや》さん、ね？」

紘平──いや、この場合は紘子と言うべきか。優しげな表情を浮かべて、美夜に女の姿で笑いかけた。

「ひう……っ！」

だが、当の美夜はその笑顔を見て小さく飛び上がった。次に左右をキョロキョロと見回し、話しかけられているのが自分だと確かめると、紘子の方を向いて顔面蒼白になった。

「あわわ、あわわわわ……い、言ってませんから！　わ、私誰にも言ってませんからぁぁ！」

眼をぐるぐるさせながら、美夜はいきなり意味不明のことを話し始めた。ちょっと考えて、紘子はそれが昼に見た和実との情事の話だ、ということに気がついた。

（………面白い）

紘子は返事をせずにちょっと首を傾げると、少し困ったような顔で美夜を見つめ続ける。

「あっ、あのっ、えっと!?　ですからその、コンクリート詰めにして東京湾に沈めるとか、海外に売り飛ばすとか……い、命ばかりはお助けをぉ……！」

「ぷっ……ふ、ふふっ……」

とうとう最後は目に涙を溜めてそんなことを言い始めるから、紘子はつい噴き出してしまった。

「あなた、面白い人ですね」

にっこりと――今度はまっすぐ、美夜の心がちゃんとこちらに向いているのを確かめてから、紘子は最上の微笑みを浮かべて見せた。

「えっ、あ…………」

ゆっくりと、紘子は美夜を観察する——身長は百六十くらいだろうか。紘平よりも少し低いくらいだろう。後ろ髪を編んでまとめているが、あまり几帳面ではないのか、それとも髪質の問題なのか、少しもっさりとしてまとまりが悪く、跳ねてしまっている毛も見受けられる。そして、鼻の上にはソバカスが散っている——それでも清潔感があってかわいらしく見えるのは、ベースの顔かたちが整っているからだろう。

姿の地味さで気づかないが、服の下に隠れているプロポーションは、かなりのものかも知れない……紘平はそんなことを考えていた。

「……落ち着かれましたか?」

「は、はい……しゅみませ……っ!」

舌が回らなかったのか、美夜は顔を真っ赤にして両手で口を押さえた。

(…………かわいい)

小動物のように縮こまってしまった美夜を見て、紘子はくすくすと笑った。

——その紘子の笑みに、美夜は一瞬息を呑んだ。

(やっぱり、すっごい美人さんだ……)

保健室ではちらりと見た程度だったけど、その時も、まるで雑誌のグラビアか何かのようだった。だけど今度はそれどころじゃない……生きてる美人が目の前で微笑んでいるというプレッシャーが、こんなにも強いものだということを、美夜は初めて知った。

　基本で美少女顔なんだけど、少しだけ目の力が強い——吊り目気味のアーモンド型の瞳には、おしとやかな中にもほんのりと強気さがにじみ出ていて、薄い唇の上にのった紅いルージュが、そんな美しさをいっそう鮮やかに魅せている。

「ううっ、そんな笑わなくてもいいじゃありませんか……」

「ごめんなさい。ちょっとかわいいなと、そう思ったものだから」

「……うっ、不本意です。い、いつも舌が回らないわけじゃないんです！」

「そうよね。たまには舌が回らないことだって、それはあるわよね？」

「しっ、舌が回らない前提で話をするのはやめてくらはいって……はうっ！」

（…………かわいい）

　普段、あまり快活に話したりはしないのかも知れない——笑いながら、そんなふうに紘子は考えた。

「ううっ、また笑うぅ……」

「ふふっ、いいじゃない……まだ笑われた方が、海外に売り飛ばされたり、コンクリート詰めになって東京湾に沈むよりはマシなんじゃないかしら」

「ひうっ！　や、やっぱり私を消しに……！」

上目遣いに覗く瞳に、紘子は肩を竦める。

「そこは最近のパターンとしては、『いやらしいことするつもりでしょ、エロ同人誌みたいに！』っていうのが最先端だと思うけれど……」

「ええっ⁉　で、でも……私に、そんなコトしても……」

美夜は眼を白黒させるけれど、なんだか少し肩を落としたようにも思えて……それで、紘子は和実が手を出しあぐねていた理由が、それとなく理解できた気がした。

「……まあ、冗談はさておいて。私が来た理由はわかっているみたいだから、少しお話しましょうか。もう少し目立たないところで、ね」

「ううっ、不本意です……」

紘子は困惑する手を取ると、そのまま人の来ない、奥まった書架の裏へと美夜を連れて入りこんだ……。


「ですが、あの……ほ、本当に、誰にも言いませんから……」

書棚に押しつけられて、美夜は困惑の色を濃くする。

「……ねえ美夜さん、あなたはよくこの図書室を使っているのかしら」

「い、いちおう図書委員ですから……」

「そう。なら、結構本は読んでいるでしょう？　推理小説とか……では問題。犯行を目撃してしまった人物が犯人に捕まりました。『助けて下さい！　誰にも言いませんから！』さて、この人物は助かるでしょうか？」

「あ、あわわわ……た、助かりません、かね……」

眼を逸らしながら、泣きべそ半笑いで答える美夜を見て、紘子はつい笑ってしまう。

「そうね……じゃあ、あなたは自分が無事に放免されると思うかしら？」

「う、ううっ、不本意です……別に目撃しようと思って目撃したわけじゃないんですぅ」

「それはそうよね。でも残念、人の世はままならないものなのよ？」

「ま、ままならなくしようとしてる張本人がそういうことを言うのはよくないと思いますっ！」

「……それもそうね。じゃあ、こうしましょう。自分の運命を選ばせてあげるわ、あなたに」

「えっ、えっ……!?」

急な提案に美夜が眼を白黒させるけれど、紘子は笑いながら話を続ける。

「A、コンクリート詰めになって東京湾に沈む。B、見逃してもらう代わりに私にいやらしい写真を撮られる……さ、どっち？」

「わぁ！　選択肢最初から一個しかないじゃありませんか!?」

「あら、そんなことはないわ……あなたが選べないだけで、選択肢はちゃんと二つあるでしょう？　我がままを言ってはいけないと思うわ」

「ど、どうしても撮られないと、ダメ……ですか」

泣きそうな瞳で美夜が哀願する。それだけで、紘平としては許してもいいかな――なんて思ったりもするんだけど。

「どうしてもってことも……コンクリート詰めになるなら、別に写真は撮らなくてもいいけど？」

「もっと悪いですよっ！　ううっ、お母さぁん……」

「ツッコミを入れられるんですもの、美夜さんも結構余裕があるわよね」

「不本意ですぅ……パニックになって、やや自暴自棄になってるだけなんです……」

涙目にはなっているけれど、その裏に強い興味があるだろうというのもわかっていた……そうでなければ、紘子に手を取られた時に逃げ出して、職員室に駆けこむ、という選択もあったはずなのだから。

「……あの」

「何かしら？」

一瞬の沈黙が二人を包んで、美夜が小さく息を呑んだ。

「あなたの名前、まだ知りませんでした」

「あら、名前を聞いてどうするの？　恥ずかしい写真を撮られたって訴える？」

にやっと笑われると、美夜がぱっと顔を赤くした。

「まだ撮られてません！　っていうか、訴えさせないための写真じゃないですか……！」

「そうね。でも、自分から追いつめられるのはあまり得策とは言えないかしら……紘子よ。あさか――浅野《あさの》、紘子」

少し考えて、紘平は和実の考えた偽名をそのまま名乗ることにした。

「ひろこ、さん……あの、本当に、その……高城先生と？」

「どう思う？　あなたにはあの時、私たちがどんなふうに見えたかしら」

「いえ、その……っ！　す、すみません……」

美夜は何を想像したのか、顔をぱっと赤くした。

「今、赤くなったわね？　何を想像したのかしらね」

「しっ、しししっ、してませんよっ!?」

「いいのよ……自分と先生がそういう関係になってるところ、想像したんでしょう？」

「あ……あうあう……」

美夜は口をパクパクさせるけれど、反論することはできなかった。

「勝手に私たちがいやらしいことをしていたと思いこんで、勝手に逃げて……で、勝手に自爆して、勝手に追いつめられた。面白いわね？」

「えっ、じゃあ……わ、私の、思い違いなんですかっ？」

そこで紘子が「そうだ」と言えば、コトは丸く収まるのかも知れない――けれど。

「……残念ながらね」

「で、ですよねー……」

実際にはやっぱり事後だったわけで、それを考えると釘を刺すという意味でも、美夜を無罪放免というわけにはいかなかった。目撃者には目撃者の、犯罪者には犯罪者の逃れられないサガというものがある。

「ではそんなわけで、頑張ってあなたのいやらしい写真を撮りましょう……♥」

「がっ、頑張らなくていいですうっ！　鬼です！　悪魔ですっ……!!」

「平気でしょ。無理やり犯されるとかそういう話でもないんだし」

女装をしていたのは好都合だった。こんなことを男の姿でしていたら、それこそ美夜は絶望から戻ってくることもできないだろうから――紘平はそう思った。

「簡単よ。あなたはスカートをめくり上げてパンティを見せる。私がパンティを下ろして、いやらしい写真を撮る……ね、簡単でしょう？」

「簡単じゃありませんっ!!　そんな子どもお絵かき教室みたいに済ませないでくださ

い……」

「……簡単に済ませた方が、あなたの心にダメージがなくていいかなって、そう思ったんだけど。そこまで言うならしょうがないわね」

そう言うと、紘子は美夜を書棚に押しつけると、いじわるそうな表情で微笑んだ。

「えっ、あの……」

「静かにしてね？」

「えっ、あ……っ!?」

次の瞬間、美夜の身体にぞくりとした感覚が奔った——気づけば、スカートの上から紘子の指先が太腿をなで上げていた。

「んっ……」

ただそれだけのことなのに、美夜は困惑を隠せなかった。なんとなれば、その指先が美夜にいやらしい愛撫を連想させるものだったから。

「……ふふっ。実はもう濡れてるんでしょう？　だから写真を撮られるのがイヤだったのよね」

「ふ、不本意ですっ！　そもそも、誰だって、いやらしい写真はお断りで……ひゃうっ!?」

美夜の抗議をにこやかに聞いている紘子。けれど、まるで別の生き物のようにその腕が動いて、スカートの中に這い入っていた。

「ほら……やっぱり濡れてるじゃない。素直になったら？」

「ふぁ……っ、やめ……あうぅ……！」

パンティ越しに、紘子の指が美夜の秘裂へと押しつけられると、クロッチを通してじんわりと愛液が沁み出してくる。ぐにぐにと優しく揉むように愛撫すると、布地と粘膜がこすれ合って、にちゅにちゅと湿ったいやらしい音を立てる。

「あ、あぁっ……ふぁ、やっ、立って、られなく……ぅ……！」

まるで紘子の指に操られるように、美夜が切ない表情をたたえて淫らに腰をうねらせるその様子は、元々清純そうな少女であるだけに、異様ななまめかしさを醸し出す。

「ほら、どうするの……ここでイッてお漏らししちゃおっか？　写真をバラまいたらきっと学園中の噂になって、恥ずかしくて登校できなくなっちゃうわね」

「やっ、やですぅ……そっ、そんなのぉ……ふぁあ……っ！」

「じゃあ、ほら……スカートを両手で持ち上げて？」

与えられる恥ずかしさと気持ちよさとで美夜は混乱する。言われるままにスカートを両手でつまみ上げると、その下から色白で柔らかそうな下腹部、すらっと伸びているがボリュームのある太腿と、少しいやらしい染みのついたパンティが現れた——。

「いい子ね……そのまま」

紘子は両手でパンティのサイドに指を入れると、そのまますると膝上まで引き下ろす……ふわっとした熱と一緒に、美夜の茂みが外気にさらされると、その場所はいやらしい雫でてらてらと光り、糸を引いていた。

「こっちを見て……？」

「はぁっ、はぁっ……ぁ、はぁ……っ……！」

美夜は昂奮で上気し——頬を赤く染めると、呼吸が浅く、熱くなっていく。

紘子は無言でデジタルカメラを取り出すと、レンズ越しに狩人のように刺さる眼差しを投げかけ、シャッターを切っていく。

（やだ……私、こんなにもいやらしいこと……！）

ピッ、という電子音を聞いた瞬間、美夜は自分の下腹でじゅわっと愛液が分泌するのがわかった——それがなおさらに、自分を昂奮へと駆り立てていく。

やがて美夜が、それが強制からだったのか、望んでそうしているのかがわからなくなってきた頃、紘子はカメラをポケットにしまいこんだ。

「……もっとして欲しい、って顔してる」

艶やかな微笑みを添えて、紘子は美夜の耳元でささやき……そのまま腰を落とすと、露わになった美夜の秘裂にフッと、息を吹きかけた。

「ひう……っ！」

びくん！　とその刺激に腰が跳ねると、包皮の下から勃起して膨らんだクリトリスが顔を覗かせる……紘子は指で茂みを押し上げてそこを露出させると、わざと下品な音を立ててじゅるりと強く吸い上げた！

「あぁあぁ……っ⁉」

眼を見開いて、美夜は身体を痙攣させる。今まで感じたことがないほどの強い刺激に、握っていたスカートの裾を手放して腰を前に突き出すと、その秘裂からぴゅるっ、ぴゅっと、絶頂を迎えて短く潮を噴いていた。

「あ……っ！　ひ、ひぅ……う……！」

書棚に寄りかかり、びくびくと身体を震わせて美夜は絶頂を繰り返す——紘子は、手のひらにかかった潮を軽く舌で舐め取ると、忘我の際にある美夜の顔を楽しそうに眺めていた。

「人に視《み》られて、写真を撮られて感じちゃったのね……ふふっ、変態さん♥」

「はぁっ、はぁっ……ちが、そ、そんなんじゃ……」

「……そんなのじゃないなら、どんななのかしら？」

「きゃう……っ⁉」

紘子はスカートの中に乱暴に手を入れ、美夜の膝に引っかかっていたパンティをぐっと穿かせ直す——じっとりと濡れたクロッチが、秘裂にぴたっと張りついた。

「つめたい……」

「そうね。でも、それはあなたの愛液……でしょ?」

そう言われて、美夜も自覚するしかなかった――自分がこんな異常なシチュエーションに快感を覚えてしまった。あまつさえ絶頂までしてしまったという、そのことに。

「んっ……はっ、はぁぁ……はぁっ………」

美夜は喘ぎながら、自分の心臓が強く高鳴るのを聞いていた……このまま逃げられなかったら、自分はどうなってしまうのだろうか。

「――残念。時間切れみたい」

そう思っていた矢先だ。紘子がくすりとかすかに笑って、美夜のスカートの中から手を抜いた。

どうして急に――そう思っていると、本棚の向こうからその理由が顔を出していた。

「あ、いたいた、みゃー!」

「きゃっ! えっ、エル……!?」

美夜は思わず身体を隠す動作をしてしまうが、その見た目には服の乱れはない。だが、美夜の心はすっかりと裸にされていた。だから恥ずかしかった。

「捜しちゃったよー! ……ん、この人は?」

「美夜さんのお友だちかしら……?」

突然現れた金髪の少女と紘子、互いが互いを指して誰かと尋ねる——それを見て美夜は、放心と安堵、二つの感情で危うく膝を突いてしまうところだった。

紘平がそんなふうに偽名を名乗ると、金髪の少女は人懐っこい笑顔で応えた。

「わたし、一年の安曇《あづみ》アリソンと言います。本当はもうちょっと長いデスけど、どうぞエルと呼んでください！」

やや小柄、ハーフだからなのか、碧の目をしてはいるが顔の彫りはそこまで深くない。綺麗なブロンドを長めのリボンでサイドテールにまとめている。一年生だろうか？　まだあどけないが、その顔つきはすでに女性のそれだ。明るい表情はやや幼い感じがあって、おそらくクラスの男子生徒たちからは人気があるに違いない。美夜ほどではないが均整の取れた胸のふくらみ、そして細くくびれたウェストの下には、豊かなヒップラインが突き出すように盛り上がり、そのまますらりとカモシカのような脚へと伸びている。日本ではなかなかお目に掛かれないメリハリのあるプロポーションと言えるだろう。

「私は三年の、浅野紘子です」

「よろしく。かわいいお友だちね？　美夜さん」

「あ、えっと……はい……」

紘平――いや紘子は、少し気落ちしたような美夜のその様子に気がついた。

「不思議な組み合わせだけど、二人はどんな関係なのかしら」

情報を引き出すにはエルの方が手っ取り早い、そう踏んで紘子はエルに尋ねる……

そこで美夜が顔をわずかに曇らせるのを、紘子は見逃さなかった。

「まだ日本に来たばかりの頃、みゃーは見ず知らずのエルにとても親切にしてくれました……わたし、それからみゃーがダイスキなのデス！」

子どもの頃の話だという。以来姉のように慕っているのだと、そう明るく話すエルは眩しい魅力に溢れていた――ある意味、それは美夜とは対照的に。

「わたしの日本語、ほとんどみゃーに教わったようなものデス！　みゃーはわたしの先生で、お姉さんで、お友だち！」

「あはは、さすがにもう先生じゃないよ。日本語もぺらぺらだしね」

持ち上げるエルの言葉に、美夜は苦笑いする。

「――そう。宮原さんはやっぱり『いい子』なのね」

「ふ、不本意ですっ！　そんないい話じゃないんで……」

紘子がそんなふうに感想を口にすると、慌てて手で押しやるような動きをして、美夜は恥ずかしそうにそれを否定しようとする……その理由に、紘子ももう気づいていた。

「わかります。いいか悪いかは置いておいて『つい』そうしてしまうのよね……ま、だからこその『いい子』なんでしょうけど」

「うっ……」

紘子はくすりと笑う――その見透かしているような微笑みに、美夜は顔を赤くする。

そう、きっと美夜は、まるで呪いでも掛かっているかのように『つい』困っているエルを助けてしまったのだろう。

別に、いい子になりたいわけじゃなくて、ただ、そうした方がいいんじゃないか、そうしないとまずいんじゃないか……そんなふうに常識に縛られた心、臆病な心が、美夜を無難な行動に駆り立ててしまう。結果として、それが『いい子』という評価に変わってしまう。けれど、そんな自分をうとましく感じてもいる。

「でも、エルちゃんのことは嫌いじゃないのでしょう？　それなら、結果オーライでいいんじゃないかしら」

「えっ！　みゃー、わたしのことキライですか⁉」

「やっ、ちがくて……！　そんなことはなくて……っ！」

――そんなふうに半強制で否定を匂わされると、自分の意志の前にまずそれを拒絶してしまう。それが美夜の『いい子』であって、ずっと変えたいと思い続けている、彼女の弱さなのだろう。

行動の自信のなさが、不安そうに紘子やエルを盗み見ている様子から感じられる。エルと較べられて、自分が劣っていると感じている節もありそうだ——紘平は美夜の性格をそんなふうに読み取っていた。

「あなたが、和実先生のところに来た理由。なんだかわかったような気がする」

「っ……!!」

そっと、美夜にだけ聞こえるように、紘子が耳元でささやいた——ハッとして顔を上げると、そこでは紘子が楽しそうに微笑んでいた。

「ふ、不本意……です」

美夜は頬を赤らめて眼を逸らすと、不服そうにつぶやく。紘子のそんな大胆さは、美夜が持っていないものだった。

「みゃーがすねてる！　珍しい！」

「べ、別にすねてなんか……ない、ですよ？」

そう言いながら、美夜の頬はふくらみ気味。そんなところが、紘子にはおかしかった。

「はっ!?　もしかして、みゃーとヒロコ、仲良くない？」

「あら。ふふっ、そうかも知れないわね。何しろ今日逢ったばかりだから」

「えっ、そうなのですか！　みゃーはヒトミシリですが、逢ったばかりの人に冷たくするタイプじゃないデスよ？」

キラキラと輝くブロンドがまるで性格をすら示しているかのように、明るく物怖じもせずに、エルは思ったままのことを口にする。

「そうなの？　じゃあ……私が、何かしたのかも知れないわね」

笑みを浮かべたまま、ちょっと意地悪な感じの口調で紘子はうそぶく――ただし、美夜にだけ見えるように、さっき撮影に使ったデジカメをちらつかせながら。

「ちっ、違うの……っ！　その、えっと、あ……あぁあんまりにも紘子さんが美人だから、その、う、うらやましくって……あれっ⁉」

慌てて美夜が言い繕うけれど……まあ、もともと嘘が得意ではないのだろう。素っ頓狂なことを言ってから、自分で眼を白黒させている。

「OH……確かに、ヒロコは大人のレディって感じ、すごくします！　みゃーはこういう人に弱いんデスね。知りませんでした！」

根が素直なのか、エルは美夜が慌てて放った出任せを信じたようだ。感心したように改めて紘子の頭の先から爪先までをじっくりと眺め直している。

「ええっと、美人と言ってもらえるのは嬉しいんだけど、そんなにじっくりと見つめられると困っちゃうかな」

「あは、ごめんなさい。みゃー、滅多なことでひとのスタイルとか褒めたりしないデスから……気になっちゃって！」

「そうね。私も褒められたことはないもの」

——紘子は、余裕の表情で楽しそうに笑う。

「よ、余裕あるデスね……カッコイイです。わたし、自分が美人とかかわいいとか言われちゃったら、きっと気持ちがぴょんぴょんしちゃいますデス！」

紘平にしてみれば、自分の女としての姿は完全に化粧によって造られたものであって、そういう意味では遠見するように、冷静に応えることができるのだろう。

「そんなこと？　私は二人とも、すごくかわいいと思うわよ？」

「きゃーっ！　ホントデスか⁉　きゃーっ‼」

そんな紘子の言葉に、エルは頬に両手を当てて嬉し恥ずかしい様子で身体をくねくねとくねらせて飛び跳ねている。そんな様子は少し幼さを感じさせる。

「…………」

楽しそうな二人の様子に、美夜は頬を赤くしながらも押し黙る——それは、さっきエルがやって来た時にも見せた、ほんのり落胆したような弱い笑顔だった。

（……テンションの差なんだろうけど、きっと置いていかれるような気持ちになるんだろうな）

紘平は、紘子の姿のうちでそんなふうに結論付けていた——決して、エルのことを嫌いというわけではないのだろう。だけど、きっと美夜にとってはエルがまぶしすぎる、自分を脇役に追いやってしまう、そんな存在に思えているに違いない。

（さっきも、和実さんとの関係を妄想しながら、『私なんか』とあきらめの言葉が口から出てたしな……）

和実が美夜に粉をかけようかどうしようか悩んだのもその辺りだったろう。後腐れのなさというのは、自分に対しての自信の持ちようが大きく左右する。

そんなことを考えていると、下校を促すチャイムが学園中に鳴り響いた。

「……今日のところは帰りましょうか。もう図書室も閉館の時間ね」

「そ、そうですね！　私、戸締まりを見回ってきます……っ！」

上の空になっていた美夜が、バネに弾かれたみたいに動き出していた。

「ありゃ……みゃーってば、そんなに慌てなくてもいいのに」

「……そうね」

——まるで、自分なんて脇役の図書委員がお似合いだ、とでも言いたそうな。

そんな美夜のことが、紘平も気になり始めていた……。

「ね、ヒロコとはどうして知り合ったの？」

「えっ、いやえっと、それは……」

帰り道、校門で紘子と別れた美夜はエルに質問攻めに遭っていた。

「ほ、ほほ本をね！　たまに借りに来る人で……気がついたら、わりと話すようになっていたというか、ええと……そ、そんな感じ？」

保健室で——と言いそうになって、慌てて言い直す。わざわざ真実に近いことを話して、エルが変な好奇心を起こしたら後が怖い……美夜はそう思った。

何しろエルはまっすぐな子だ。間違って和実先生に目をつけられるようなことになれば、さっき撮られた写真のことだってある。美夜自身がどうなるかもわかったものではない。

（いくらなんでもコンクリート詰めになったりはしないんだろうけど……）

落ち着いて考えてみれば、それは美夜にもわかったが……それでも自分の知らないオトナの世界というものだし、正直なところ、この先が未知のキョウフであることには変わりがなかった。

「うーん……ホントに？」

「ほ、ほんとだよ……なんで？」

「だって、ホントのことなら『そんな感じ？』って聞くの、おかしくないかな」

「はう……っ！　お、おぉおかしくはないと思うけどなっ！　だって、細かいことを全部覚えてるわけでもないでしょ!?　そ、それにその……」

「その……？」

（ああもう、そんなに都合よくウソなんて思いつかないよ……！）

純真な瞳で見つめられて、美夜は答に困った……エルにこんなふうに見つめられると、いつもどうしていいのかわからなくなってしまう。

「ん、その……紘子さんと逢った話って、あんまり、いい想い出じゃなくて……！」

「えっ!?　思い出したくないような恥ずかしい話……なの……？」

「う、うん……」

困惑するエルの表情に、胸がちくりと痛む美夜だったけれど。

「そうなんだ……なんかゴメンなさい」

「い、いいんだよ。エルが悪いわけじゃないんだから！」

そんなウソを真に受けてしゅんとするエルを見て、慌てて両手をそんなことない、というポーズを取る。かわいいな、これだからキライになれないんだな、と美夜は思う。

「ほら、今日はケーキ食べに行く約束でしょう?　行こう!　エル」

「うん……!」

歩き出しながら、美夜は笑うけれど……正直、エルのことを妬く気持ちがないのかと言えば、そんなこともなかった。

美夜は自分のことを、話し下手で、野暮ったくて、それなのに胸ばかりが大きくて不格好で……そんなふうに思っている。

だから元気で明るくて、かわいくてスタイルもいい——そんなエルと一緒にいることに、美夜は昔から、気おくれとコンプレックスを感じていた。

もちろんエルは何も悪くない、それはあくまで、つい較べてしまう美夜の問題なのだから。

(……そういえば、紘子さんもすごくキレイだったな)

そこで紘子のことを思い出した。美夜が最初に眼にしたのは、和実を相手に、まるで互いが空気であるかのように振る舞っている事後らしき姿だった。

(紘子さんくらい美人だと、和実先生と一緒にいても違和感がないよね)

それに較べて私は——と、いつものように沈みかけて、脳裡には図書室でのエッチな出来事が浮かび上がってくる。

「みゃー」

（わ、私……あんな美人に、あんないやらしいことされたんだ……！）

そう思うと、美夜の心臓が高鳴ってくる……強制されていたはずだけど、いつの間にか、無理やりだったことも忘れてしまったのだろうか。それだけ衝撃だったのかも知れない。

「……みゃー？」

（もし、あのまま……誰も来なかったら、私……きゃあぁ……♥）

その高鳴りは、不安なのか、好奇心のそれなのか……？　美夜自身にはそれがどちらなのかはわからない。

「ね、ちょっと、みゃー！　どうしたデスか！」

「はわぁ……っ!!」

上の空になっていたところを、エルに呼ばれて美夜は飛び上がった。

「ごっ、ごめん……っ！　ちょっと考え事してた……」

「もーっ。そんなにヒロコさんとお話ししたの、楽しかったデスか？」

「いや、そういうことじゃなくって……」

「NO！　そーいうことデス！　なぜなら、みゃーの顔がなんだかにへらっとしていました！」

「ええっ！　わ、私、そんな顔してたかな……っ!?」

「してました！　もうお口のはしっこがこう……うへへーって♥」

エルが冗談っぽく口角のあたりを指できゅっと上げて見せると、美夜は恥ずかしさにまた顔を赤くしてしまった。

「ふ、不本意だよっ！　そ、そこまでだらしない顔はしてないもん……」

「あはは、それにしても意外デス。みゃーはああいう女の人に憧れるんデスねー」

「そ、そうなのかな。確かにきれいな人だなって思ったけど……」

「違うのデスか？」

美夜にはわからなかった。脅迫されているのだから、憧れもへったくれもないはず――なのだけれど、不思議とイヤだとも思っていない自分がいる。

「……よく、わかんない、かな」

「ふーん？　みゃーにとっても謎の美女ってことデスネ！」

「な、謎の美女かぁ……あはは」

確かに、ドラマやアニメに出てくるような謎の美女と言うと、あんな感じなのかも知れないけど――そんなことを考えて、美夜はちょっと笑ってしまった。

「妬けちゃいますネー。あんなにイキイキしていたみゃーは久しぶりに見た気がします」

「い、イキイキって……私が？」

「YES！　最近、みゃーは何をしててもテンションが低い感じで、大人っぽさを目指してるのかなーとも思ってたんデスが、今日のみゃーを見てたら、そういうコトでもなかったっぽい？」

「エル……」

美夜は、ずっと妹のように思っていたエルにそんなことを言われて目を丸くした──そんなふうに心配されているなんて思ってもいなかったから。

「あはは、本物のオトナっぽさの前では、そんな振りをしてもムダってことなんじゃないかな！」

──そういうことなら、と美夜はウソをついた。

エルの言う美夜の『普段のテンションの低さ』は、日ごとにかわいくなっていくエルと一緒にいることへのコンプレックスから来ているものだった。でも、もちろんそんなことをエルに言えるわけもなくて。

「私なんかじゃまだまだってことだよね……行こう！　エル」

「もーう、すぐみゃーはそういうコト言うんですから！　みゃーもかわいいデス！」

「あははっ、ありがとう……」

先を急ごうとする美夜の袖をつかんで、頬をふくらませるエル。そんな仕草もかわいらしい──けれどそれが、やっぱりチクッと美夜の胸を刺すのだった。

「はぁ……」

エルと二人で寄り道を楽しんで、美夜は自宅に戻るとベッドへとうつ伏せに倒れこんだ。ここに来て、波乱だらけだった一日の疲れが出たらしい。

「……制服、脱がなくちゃ。シワになっちゃう」

口からはそんな言葉が出てくるのに、身体は動かなかった。辛うじて、ごろりと転がるとあお向けになった。

「んん……っ！」

ベッドの上でぐうっと伸びをする——と、美夜の下腹でさらりと、一度濡れてから乾いたパンティが秘裂の上でこすれた。

「ひゃうっ……！」

その刺激に驚いて起き上がる……奇妙に、その胸がどきどきしていた。

「……すごいこと、されちゃったんだ」

制服を脱ぎ、しわを取ってからハンガーにかけると、下着姿のままで姿見の前に立つ——パンティの股布の部分が、いやらしいシミで汚れていた。

「私……おかしいの、かな。あんなこと、されたのに……」

強制されたのに、あられもない姿を写真に収められたというのに……あろうことか感じてしまった。あまつさえ絶頂までしてしまった。

「はぁ……」

美夜の唇から、知らずに熱い吐息がこぼれていた……脳裡には、手のひらに受けた美夜の愛液を、あでやかな笑みで舐め取る紘子の姿が思い浮かんでいた。

「あれって、潮吹きっていうのだよね……私、あんなふうになったの、初めてなのに……」

そのめくるめく体験を思い出して、気づけば指がクロッチの上に勝手に伸びていく——今の美夜には、どんな記憶も、どんな後悔も、恐怖ですら、すべてが快感を得る器官へとつながっていた。

「つ……っ。んっ、もう……」

ベッドにうつ伏せに倒れこむと、クロッチの上から秘裂をなぞるけれど——一度愛液を吸ってから乾いてしまった布地はごわごわして、デリケートな部分には優しくない。美夜は自分のはやる心に気づかず腰を上げると、いそいそとパンティを引き下ろして、その腰回りに較べて少しだけボリュームのあるお尻を突き出した。

「ん……っ」

指先に湿り気を感じると、その自覚が愛液の分泌をうながし……身体が快楽を求め始める。

「はっ……んあ、あっ、あぁ……」

声が洩れて、それが自分の耳に届くと、気分が出てきた――そっと陰唇をなでているうちに、膣奥からじんわりと愛液が沁み出してくる。やがて指が愛液にまみれる頃、じわじわと快感が生み出され始めた。

「あ、あぁ……こんな、恥ずかしい格好……ぉ♥」

恥じる言葉も、今は自分の昂奮を追いこんで高める魔法の呪文でしかない。

『――ほら、やっぱり変態だったんじゃない』

耳元でそんな言葉をささやかれて、美夜はぞくぞくした。

昂ぶりの中で、美夜はそんな紘子の声を――いや、美夜の願望を言葉にした紘子の幻を感じていた。

「ち、違いますぅ……これっ、これはぁ……♥」

幻に抗いながらも、声は甘やかにとろけ始めている……指にどろどろと愛液が絡み始め、息はうなされるように熱を篭もらせていく。

「ひゃ……っ！　う、あぁ……♥」

指先に、勃起したばかりのクリトリスが引っかかると、思わず甘い声が洩れる……弛んだ、その幸せそうな口の端から、こらえきれないよだれがこぼれ、目の焦点もぶれ始める。

「あ、あ……私ぃ……いやらしいんだ……こんな、こんなぁぁ……♥」

膣奥から沁み出した愛液が指に絡むと、指先と陰唇がこすれ合い、ちゅくちゅくと粘質な音を奏で始めた。

「やぁ……恥ずかしい音が……ぁ……♥」

こすり上げるこの指が、執拗なこの指が、もし紘子の指だったら――そんな妄想が、美夜をどんどんと昂ぶらせていく。

「ん……っ、はぁ……っ！　あ、あぁ、あっ、あっあっあっ……ふぁぁ……！」

ブラの上から胸をベッドに押しつけるたび、乳首がこすれ、荒い息が洩れる……何度もくり返すうちに、肩紐がずれて淫らなかたちにおっぱいが歪んでいく。

「だめっ、あ、とまらにゃいよぉ……やらぁ、わらひ、こんな……ぁぁ……」

裏腹な言葉が、ぐちゅぐちゅという淫猥な水音が、静かな部屋に響いて昂奮を高めていく。

「ひう……はっ、はぁ……っ、んんっ！　やだ、クリトリスっ、こんなにふくらんじゃってるのぉ……？」

刺激にあてられたのか、充血した陰核がぷっくりと膨れ上がると、包皮の下から顔を出して、往復する指先に触れた。敏感な箇所を不意にこすって、驚きにその手が止まる。

「はっ、あぁっ……じんじん、するぅ……あぁ……♥」

そのまま、包皮の上から押し潰すように、今度は刺激する場所が陰唇から陰核に移っていく……いつもならなでるだけの場所だけれど、美夜の脳裡には、紘子に舌先で吸い上げられた時に感じた、あの強烈な刺激の記憶が鮮明に残っていた。

「だ、めぇ……♥　そんなに、強く吸わないでぇぇ……あ、あぁ……！」

腿にぎゅっと力を篭めて、強い刺激に備えてからぐっと陰核に指を押しつける……！　鋭い刺激が奔って、美夜の視界にちかちかと光が飛ぶ。

「ひぁ、はぁぁ……こっ、こんなのっ、こんなのぉ……ら、らめになっひゃうぅ……っ！　ふぁぁあぁあぁ……っ!!」

腿をぎゅううっと締めつけて、全身をふるふると震わせて絶頂を耐えると……やがてぐったりと力が抜けて、尻が落ちると、秘裂も尻穴もいやらしく露わにして、びくびくと痙攣させて余韻にひたっていた。

「はっ、はっ……はぁっ、はぁっ……こんなすごいの、はじめてぇ……♥」

ゆるんだ陰唇から愛液が流れ出すのを感じて、美夜はそんないやらしい自分に、うっとりと陶酔していた……。

「私……もしかして、期待してるの？　もっとすごいこと、されちゃうかもなのに」

自慰を終わらせた美夜は、熱い吐息を持てあましながらパンティを穿き直し、ブラを着け直した……昂奮は、まだ胸の裡でくすぶっている。

脅迫のための写真は撮られてしまった――だから、おとなしくしていれば、もう自分が何かをされることはないのかも知れない。そう思うと、不思議と淋しい気持ちになってしまう。それでいいはずなのに。

「どうしよう。あんなことされたら……もう頭から離れないです……」

どんな形であれ、美夜の心には紘子が焼きついてしまい、離れていかなくて――それはまるで初恋のように甘美に、美夜の心を痺れさせていた。

紘平の事情

「……ただいま」

声にしてみるが、誰がいるわけでもない――それにしても、やむを得ないとはいえ、女装のまま自宅に戻るのは正直、あまり楽しくない。

制服を脱いでハンガーにかける……男の制服なら、別に脱ぎ散らかしてもそこまでは困らないんだけど、どんな違和感でバレるかわからないんだから、いろいろと気にしておいた方が利口ってものだろう。

「ふう……」

適当につくった食事を済ませ、ソファに身体を放り出してテレビを眺める――別に観たい番組があるわけじゃない。することがないだけ。

この家には誰もいない。俺はずっと独りで、今も独りだ。

母親に愛されない子ども――なんて言えばそれなりの不幸なのかも知れないけど。まあ、今の俺にしてみれば、そんなのはもうどうでもいいことだった。

母さんの忌避を買った俺は、学園入学以来、父親の資産だったこのマンションをあてがわれ、ひとり暮らしをしている。

俺の何がいけなかったのか――昔はずいぶん考えた。子どもの頃は、母さんに喜ばれようとして無心に努力していた時もあった。だけどどんな努力も、結局母さんを振り向かせることはできなかった。

世間では、血は水よりも濃い、というふうに言われていて、血を分けた実の子が親の忌避を買うという話はあまりないようだけど。

もっとも、世間にどんなに例があろうとなかろうと、それが自分に援用できなければ例なんてのはものの役には立ちはしない。自分が悪いのか、それとも何か他の要因があるのか……結局それすらも、俺は推し知ることはできなかった。父さんとあまり似ていないところを見ると、もしかしたらどこかの愛人との子どもかも知れない、なんてことも昔は考えたが――外的な要因を求めたところで、それで自分が救われるわけではない。

「……イマイチ」

いつまで観ていても面白くならないテレビをあきらめて、俺はスマートフォンに手を伸ばす。いくつか適当にニュースサイトを漁り、今日も一日、世間がいつも通りにひどい事件だらけだったことに安心して、記事を読みながら笑った。

こんなふうにだらけていても、誰にも何も言われることがない――そのおかげで、俺は自分がようやく自由になったのだということを確かめられる。

正直、家にいた頃には考えられないことだ。いつも不機嫌な母さんが、どうしたら怒りを鎮めてくれるのか……そんなことばかりを考えていた日々だったから。

そのせいなのか、気づけば女性たちが何を考えているのか、手に取るようにわかるようになっていた……だが、それを肝心の母さんに対して応用することはできなかった。母さんの思考は、俺に対してだけは本当にささくれ立っていて、俺が何をしようと、あの人は憎しみや不快さなんかを募らせているようだった。

――要は、『俺』であるコトが問題なのであって、母さんは『俺』という存在そのものを不快に思っているのだから、こちらがどんなに気に入られるような『中身』になろうと努力したところで、そこに救いも赦しもなかった……というのが、家から出て一年もした頃、ようやく気づくことができた事実だった。

理由は知りたいとも思わなかった。俺は父さんに似ていないという話もあるので、もしかすると俺は血液型が合っているだけの不義の子で、それが母さんをいらつかせているのかも知れない。

だがその正体を知ったところで、俺が母さんからいやがられているという事実は変わらない。だから、そんなことはどうでもいいことだった。

「ん……」

なんの気なしに、メニュー画面の写真アプリを起ち上げる。そこには美夜さんの脅迫写真が収められていた――泣いていなければいけないはずの脅迫写真で、顔を赤らめ、まるで恋人に撮られたような表情をした、ちょっと野暮ったくて、でも優しそうな、そんな女の子の姿だった。

「……おかしな先輩だったな」

最初は、ちょっと脅してそれで終わり――そのつもりだったけど。

その自信のなさが、何かをあきらめて笑う様子が、俺に何かを……多分昔の自分を、思い出させる。

「レズなのかな？　それとも、同性なら自分が傷つかずに、刺激的な出来事に踏みこめると思ってるのか」

冒険をしたいと思う気持ち、そしてリスクを被りたくないという気持ち。人はたいていその狭間で迷って、揺れている。

「……まあ、その辺は明日わかるかな」

今は、この不思議な先輩へ湧いた興味を、ありがたく楽しませてもらうことにした……。

探偵エルと好奇心 ～紘子の正体を探れ!?～

「……こんにちは」

「あっ……はっ、はいっ!!」

――次の日。

もう来ないかも知れない……そんな美夜の予想は裏切られた。紘子が図書室に訪ねてきたのだ。

美夜は書架の整理中で、昨日と同じ、一番人の来ない書架の奥にいて――危機感を覚えたけれど、人がいる場所よりはいいのかも知れない、そう思ってそこに留まった。

「ふふっ……ごめんなさい。少し困った顔をしているわね。ま、当たり前か」

目の前に立っている紘子は、不思議と申し訳なさそうな表情に思えた。昨日、あれだけ傍若無人なふるまいをして見せた本人とは思えない――当の被害者であるはずの美夜が、ついそんなふうに思ってしまうほどだった。

「ひとつ、言い忘れていたことがあって」

「な、なんでしょう……？」

ゆうべ、あれだけ妄想で濡らした美夜ではあったけれど、実際に身に危険が降りかかるかも知れない――そう思うと、やはり身構えてしまう。それは避けることができないものらしい。

「そんな強ばった顔をしなくても平気よ……写真は撮らせてもらったし、あなたが私と和実先生のことをバラさないなら、これ以上私があなたに何かをすることはないわ。それだけを言いに来たの」

「あっ……そ、そうですか」

拍子抜けだった。いや、もともと期待したのは美夜の勝手なのだけれど……やっぱり、私なんかが相手ではもてあそぶ価値すらないのだろうか、などとそんな取り留めのないことまでが一瞬頭をよぎっていた。もう、恐れているのか、期待しているのか、自分でもわからなくなっていた。

「……もしかして、残念そうな顔してる？」

「えっ!? いえ、そ、そんなわけ……」

「ふふっ、そうよねえ」

からかったのよ――いかにもそんな態で紘子が笑うと、美夜は一瞬で顔を真っ赤にした。見透かされたのかと思って、この場から消えたい気持ちになったっていうのに。

「でも……やっぱりちょっと期待してたみたいね？　そんなに顔を真っ赤にされたら、いやでもわかっちゃうでしょう？」

美夜はくすくすと微笑《わら》う。

「ふええっ!?　あっ、あれ……っ!?」

引《ブ》っかけ《ラフ》だった！　最初の問いかけそのものが罠で、美夜がそこで顔を赤くするかどうか――それだけを、紘子は最初から探っていたのだ。

赤くなった顔をあわてて両手で覆ったけれど、それはイコール美夜の負けを意味していた……こうなっては、どうあがいても隠す方法なんて残ってはいなかった。

「昨日は、ちょっと無理やりだったかなって……そう思ってたんだけど」

笑いながら、紘子がささやく。申し訳なさそうにされるよりは、全然いいかも――なんて、美夜は紘子の様子を見ながら、ついそんなふうにも思う。

「それを許してもらえちゃうくらいには、昨日のアレ……気持ちよかったみたいね？」

「っ……！　ふ、不本意です……」

顔を両手で覆ったまま、そっぽを向いて美夜は答える。怒っているわけではない。恥ずかしくてとても紘子の顔を見ることができなかった。

「いいの。嬉しいわ……私も、ひどい目に遭わせたって思わなくて済むし」

「ひ……ひどい目はひどい目ですっ！」

そう言われると、ぷん、と頬をふくらませて真っ赤になった美夜が反論するけれど、そんな姿を見て、紘子は相好を崩した。

「そうね。無理やりだったし……でも、あなたが気持ちいいって思ってくれているような子なら、私たちも秘密は守ってもらえるのかなって、そう思えるじゃない？」

「そ、それは……うぅ……」

なんとなれば、それはもうすでにママゴトの領域だった。そもそも、脅迫者と被害者がそんなふうになあなあで話している時点で、それが深刻な問題に発展するはずがないのだから。

「不本意です……」

そこに気づいて、それでも美夜はしゅんとしおれてしまう。紘子は小さくため息をつくと、回りこんで背中から美夜をそっと抱きしめた。

「あの……っ!?」

口を開きかけたけれど、近さにハッとして美夜は口をつぐむ……ふわりと石鹸の香りと、その奥にほんの少しだけ、何か優しい香水の薫りが鼻をくすぐった。

「美夜さんにとって、いやらしいのは不本意なんだ？　イッたあなたが変態なら、イカせた私も変態なのになー♥」

「え……えっ!?」

耳元でささやかれて、美夜は混乱した。

「……こっち側には、来てくれないの？　私は歓迎するんだけど」

「えっ……でも、そんな……」

こんなきれいな人が、自分を求めてくれている——その事実と、けれど『こっち側』というのはつまり『変態』ということで……そう考えて、一体どうしたらいいのか、美夜は本当にわからなくなってしまった。

「……ごめんなさい」

「あ……っ」

すっと、紘子が離れて——美夜は思わず、名残惜しそうな声を上げてしまっていた。

「ちょっと、からかいすぎたわね」

にっこりと笑って、書架から出ていく。それが会話の中身とあまりにも不釣り合いで、美夜の方がなぜか罪悪感を覚えてしまう。

「私……」

差し伸べられた手を取ることができなかった——それが当たり前なのに、まるで悪いことであるかのように、美夜は錯覚してしまっていた。

「その、紘子さん……あっ」

　ばつが悪くなって、しばらく書架の裏でおろおろと逡巡してから、美夜も書架を出た。

「あっ、みゃー！」

「ふふっ、つかまってしまいました」

　そこでは紘子がエルにつかまっていて、楽しそうに話をしているところだった。

「どうかした？　美夜さん」

「いっ、いいえ！　その、なんでも……ないです」

　エルの前で、さっきの話の続きはできなかった。美夜が口をつぐむと、紘子は肩をすくめてウィンクをした――まるで『わかっている』と言うように。不思議と、美夜はそれだけで肩の荷がすっと下りたような気持ちになる。

（紘子さんって……え、えっちだけど！　でもやっぱり、素敵な人かも……）

　そう思うと、さっきとっさに紘子に応えられなかったことが、どうにも残念な気がしてくるのが不思議だった。

　人の感情って難しい――美夜は振り回される自分に、そんなことを考えていた。

「そう……じゃ、休みはよく二人で遊びに行ったりするのかしら」

図書室も閉館になったので、三人で家路につく。

「そうですね。エルが色々と、興味があるところを見つけてくるのが多いから……私はそれに付き合って、っていう感じです」

「みゃー、それだとわたしが、いつもみゃーを引っ張り回してるみたいに聞こえるじゃないデスか！」

「あっ、ごめん！　もちろん私も楽しいんですよ！」

「……ふふっ、つまり引っ張り回されているのね」

言われてから、美夜はあわてて言いわけを口にする——つまり、そういうことなのだろう。

「ううっ、不本意です……」

「別に悪いことじゃないでしょう。楽しいって言うなら、どんなふうに始まったかなんて、きっと些細なことですからね」

「その通りデス！　でもエルもちょっと、みゃーに甘えてるトコ……あるかも知れませんね！　えへへ」

「そ、そんなことないよ……」

自分の感情には素直だが、素直だからこそ、他者からの指摘も受け止める——美夜がエルのことを嫌いになれないのは、その辺りなのだろう……そう、紘平は理解した。

(それにしても、なんだか周りの人がこっちをチラチラ見ていくような……)

美夜は美夜で、集まってくる視線が気になっていた。

今三人は、駅に向かう商店街の、人通りの多いアーケードの中を歩いている。男たちとすれ違うたび、相手の眼がこちらを追っているのに気づく。

(……そうか。エルと紘子さんが一緒にいるから)

そこに気づいて、美夜は小さくため息をついた。別にことさら男子にモテたい……というわけではないのだが、それでも実際に視線の集まる二人のことを見ていると、ちょっと気が重くなる。

「……どうかした?」

美夜がそんなことを考えながら、ぼんやりと二人を眺めていると、逆に紘子に覗きこまれる。

「あっ……いえ、その、紘子さんとエルちゃんが並ぶとすごいなあって……」

「すごい?　眼を惹くってこと?」

「え、ええ……」

美夜がぼかそうとした言葉も、紘子はためらいなく元の言葉に戻してしまう。それが、美夜には自信に満ちていると思えたし、惹かれる美しさに見えた。

「わかるー！　ヒロコめっちゃ美人デスし！」

「そうかしら……そういう話で言うなら、エルちゃんだって美夜さんだって、私はかわいいと思うけれど」

ほめられていることをまったく意に介さず、逆に紘子はエルと美夜をかわいいと言った。

「かわっ……!?　そんなこと……私なんて、街中で男の人に声をかけられたこともないですし……」

しょげる美夜の言葉に、紘子は首を傾げる。

「それって大事なことなのかしら。好きでもない男から、美夜さんは声をかけられたいの？」

「えっ!?　いえ、そういうことじゃなくてですね……」

紘子の予想していなかった切り返しに、美夜は困惑する。

「ああ……誰でもいいから声をかけられたい、というのは、それが女の子にとっての魅力の証明法のひとつだと思っているということなのね。なるほど」

「うっ……なんでしょう、そういうふうに納得されちゃうと、なんだか不本意です……」

「ふふっ、女の子っていうのは難しいわね」

「あははっ、何を言ってるんデスか！　ヒロコも女の子じゃないデスかー！」

「あら、そうだったわね」

エルに突っこまれて、紘子は笑う――紘平というのは、随分と肝の据わった性格をしているようだ。


「じゃあ、今日はこれで」

「はい……さようなら」

「また明日デス！」

紘子は駅から電車に乗るということで、駅前で別れた。

「……ヒロコは不思議な人デスね」

「えっ？　うん、そうだね……ちょっと浮き世離れしてるって言うか……」

エルみたいに個性の強い子でもそう思うんだな、と美夜はぼんやりと思った。

「みゃー、わたしも今日はちょっと用事があるので、ここで失礼するデス！」

「えっ？　ああ、うん。また明日ね」

「はいデス！」

返事をしながら、エルはパッと走り出し、あっという間に姿が見えなくなってしまった。

「……いつもながら、嵐みたいだなあ、エルは」

手を振り送ってから、ぼんやりと美夜はつぶやいた。

(不思議な人、か……)

確かに不思議だ。最初は脅迫者として現れたのに……美夜はいつの間にか、紘子に対して憎しみや恐れのような感情は抱いていなかった。

「そうかも」

それだけ口に出すと、美夜の頬は自然と赤らんだ――その感情は、もうすでに憧れへと変わり始めているのかも知れなかった……。


「……ど、どこ行っちゃったデスかね?」

その頃、美夜と別れたエルは、駅のホームまで走ってきていた――どうやら、紘子の後を尾《つ》けるつもりのようだ。

(わたし、昨日逢うまでヒロコのことを知りませんでした……あんなに美人なら、一度でも見かけたら記憶に残ってるはずなのに!)

確かに、紘子には強い印象を残すインパクトがある。

何百人と生徒のいる学園だ。今まで逢ったことがなかったとしても、それほどおかしいことでもない……だが、エルはそこが何か引っかかったようだ。

「いた……！」

反対側のホームで電車を待っている。今から走れば、次の電車には一緒に乗りこめるはず……エルはあわてて階段を駆け下りた！

「わたっ、たたっ……！　セーフ……！」

ドアが閉まる直前に大股で飛びこむと、紘子が乗っているはずの後ろの車輛へと歩いていく……となりの車輛から紘子の姿を見つけて、エルはこっそりと観察することにした。

「……探偵さんになった気分デス」

紘子は二駅先の繁華街で降りる——この辺りには高級な住宅街やマンションしかない。もしかすると、遊ぶために降りたのかも知れない。そんな不安を覚えつつ後を尾けていくと、少し古めのマンションへと入っていく姿を見つけた。

（セキュリティがないのは助かりますが……ご家族とお住まいなのでしょうか。もしひとり暮らしなら、ちょっと不用心な感じデスね）

エレベーターに乗った後を、階段を駆け上がりながら止まる階数を確かめて……その階までダッシュした。

「はぁっ、はぁっ……」

そっと階段の入り口から通路を覗くと、紘子がちょうど、部屋へと消えていくところだった。しばらく出てこなさそうなのを確かめると、ドアの前まで行ってみる。

「朝川……？」

部屋のネームプレートにはそう書かれていた――確か紘子は浅野と名乗っていたはずだけど。そう思い出し、エルは首を傾げる。

（はっ⁉　もしやここはカレシさんのおうちとかデスか……っ⁉）

赤の他人の家をまじまじと覗きこんでいるのかも知れない、そう思ったエルは、早々に部屋の前から逃げ出していた……。

美夜の事情

「それにしても、エルはなんの用事だったんだろう？」

駅前で別れて、私はひとり家に帰ってきた。

――考えてみると、やっぱりちょっと腑に落ちなかった。今日のエルの行動だ。

今日は、エルが三人で一緒に帰ると言いだしたから、てっきり紘子さんと駅で別れた後、駅前で遊ぶ用事でもあるのかと、そう思っていた。エルはマイペースな子で、私に特に理由を言わずに連れ回すことが多い。

けれど、実際にはなぜか駅前でその場で解散になり、私はひとり寂しく、来た道を戻ることになった。エルにしても私にしても、家に帰るだけなら、別にわざわざ駅まで行く必要はないんだよね。

「うーん、よくわかんないなあ」

いや、エルは急用を思い出したような感じだった……だから、本当は駅前で遊ぶつもりで、私を駅前まで連れてきたのかも知れないけど。

「……ま、いっか」

そこまでで、私は考えるのをやめてしまった――別に珍しいことでもなかったから。エルは朗らかでかわいい。性格も悪くはない……だけど、ちょっとひとを引っ張り回すところがある。ひどく気分屋で、決めていた予定をひっくり返すこともあるし、忘れてしまうことも星の数ほど。実際、私も煮え湯を飲まされたのは一回や二回じゃない。まあ、エルに悪気がないのはわかってる。やらかしてから必死に謝ってくるエルを見ていると、まあいっか、という気分になる。

「……かわいい子は得、ってことなのかな」

つい、独りになるとそんなことを口にしてしまう。言わせるのは、この顔に乗っているそばかすのせい――なんて思うのは、少しひがみがましいだろうか。

悪気がなければ許されるのか――ということになると、そんなこともないと思うわけで。もしかしたら、エルと出逢って以来、私の運って下向きなんじゃ……生来のネガティブさも手伝って、つい、どうしても考えてしまう。そんなことを。

子どもの頃に迷子のエルを助けたことも、お姉ちゃんとして慕われてから、慣れない日本語を一所懸命に教えたことも、私がやろうと思ってやったことじゃない。

エルのお母さんに、片言の日本語で『娘をヨロシク』と言われた時、そうしなければいけないんじゃないか……そんなふうに思ってしまった。私が望んでそうしたわけじゃない。単に世間体を気にしていただけだった、点数を稼げるんじゃないか——そんな打算が働いただけだった。

いい子だったら迷子を助けるべきなのではないか、お姉ちゃんとして慕われているなら、妹の面倒を看てあげるべきなんじゃないか……そんなふうに、打算で常識人ぶろうとする利己心が、自分を縛っている——いやと言うほどよくわかっている。

だけど、ここまでできあがってしまった自分像みたいなものを、壊してしまうことも恐ろしかった。というか、そんな度胸が自分にあるわけもなくて。

来るはずがない、白馬に乗った王子さまを待っているのだろう……わかっている。

紘子さんはただの脅迫者にすぎない——ただ少し、優しいだけの。

わかっている……それでも、せめて夢くらいは見ていたいんだよね。

「うぬぬ、昨日はうまくいきませんでしたが……」

†

——次の日。

エルはいつもよりも少し早く学園に登校すると、三年生の教室がある二階を歩き回っていた。

あのあと結局、紘子が向かった『朝川』という家は、彼氏の家、もしくは何かの都合で親戚の家にでも住んでいるのではないか、と結論づけた……普通に考えれば、偽名を使っているなんて答には辿り着かないだろうから、これはエルとしては普通の答だろう。

「……いない、デス」

もうすぐ朝のホームルームだ。遅刻ギリギリで登校してくるのでない限り、これでほとんどの三年生の姿は確かめているはずだ……だが、紘子の姿を見つけることはできなかった。

「むむむ……謎デスね」

「エル？　どうしたの、こんなところで……もうホームルーム始まっちゃうよ」

頭を抱えていると、そこへ美夜が通りかかった。

「あ、みゃー！　おはようデス……ヒロコを見かけませんでしたか？」

「えっ、紘子さん？　見てないけど……っていうか、このフロアでは見たことがないから、たぶん私とは離れてるクラスの人なんじゃないかなあ？」

「そうデスか……むむー」

悩むポーズを取ってはみるものの、すぐにホームルーム開始の予鈴が鳴り出し、考える間もなく、エルは自分のクラスに駆け戻らなくてはならなかった……。


「おかしいデス。さすがにこれはおかしいデスよ……」

エルは一日中、休み時間ごとに学園内を歩き回ってみたものの……紘子を見つけることができず、そのまま放課後を迎えてしまった。

最後の方はめんどうになって、近くにいる三年生をつかまえては紘子のことを尋ねたりもした。けれど居場所どころか、紘子の存在自体を知っている生徒にすらまったく出逢わなかったのだった……さすがのエルでも、ここまで来ると普通ではない、何か特殊な事情がありそう——そんな気持ちが湧き上がってくる。

「はぁ……とはいえ、逢えないいんじゃこれ以上はどうしようも……」

疲れ果てて、渡り廊下に置かれている自販機で、紙パックのジュースをすすっているその時だった。

「あ……っ！」

声を出して、危うく呼び止めそうになるのをぐっとこらえる——ようやく、紘子の姿を見つけた。

（かくなる上は、内緒で後をつけて、もっと情報を集めなきゃ……！）

エルは自分の口を手で覆って声をぐっと呑みこむと、そのまま見つからないように、紘子の後を尾けることにした……。


（いけない、見失う……！　あれ？）

曲がった先、姿が消えて焦るエルだったが、どうやら近くの教室のひとつに入ったようだ……足音を殺して近づくと、どうやら紘子が入った部屋を見つけたらしい。

「写真部……？」

紘子が足を踏み入れた先は写真部の部室だった。だが、それだけではなんの情報にもならない……そう思ったエルはさらなる情報を得ようと、周りに誰もいないことを確かめてから、扉の隙間をこっそりと覗きこんだ。

「……なんでまだ着替えてないのさ。俺に生着替えでも拝ませてくれるワケ？」

エルは眼を丸くした……耳に飛びこんできた紘子の第一声は『俺』で、しかもそれはどう聞いても男の声だった。

「機材の準備を先にやってただけだ。別に私の生着替えなんて、今さら見ても面白いものじゃないでしょ」

対する、短めの髪の、凛とした面持ちの女生徒は淡々と、フラットな言葉を『紘子』に返す——してみると、彼女は『紘子』の正体を知っているということなのだろう。

「まあ、桂《かつら》の裸を見るのは今さらかも知れないけど、着替えを撮るのは面白いんじゃない？　……そこで着替えてよ」

「……変態」

『紘子』は、部屋の一隅に設えられた撮影用のセットを指す。女生徒はげっそりとした表情をするが、特にいやというわけでもないようで、黙って撮影用のスクリーンの前で服を脱ぎ始めた。

「俺に女装をさせた張本人に変態呼ばわりされる憶えはないかなー。あ、もう少しお尻を突き出して……そうそう」

女生徒——桂が制服を脱いでいく様子に、ポーズを要求しながら『紘子』がシャッターを切っていく。煽情的なポーズ要求に従いながら、一枚、また一枚と脱いでゆく。無表情気味な桂の頬に、やがてゆっくりと血色が昇ってくる。

「恥ずかしい？　桂」

「当たり前じゃない……バカ」

「またまたそんなこと言って……恥ずかしい方が嬉しいんじゃない？　桂はむっつりだからなー」

ブラとパンティだけになった桂を『紘子』は薄笑いを乗せた表情で眺めている——スレンダーな肢体、小さめの尻。けれど腰回りの細さがそんな小ぶりの尻へのラインを強調して、女性らしい太腿へと滑らかに弧を描いていく。お椀型に形よく整った乳房と合わせて、これを男と間違える者はいないだろう。

「……本当、紘平の眼はいやらしい」

舐めるような視線に、やがて桂は悩ましく身体をくねらせ始める。

「エッチだと思う人間の方が、エッチなんじゃない？　……ほら」

『紘子』——いや、紘平は、桂の着替えを取り出してそれを手渡した。


「コウ、ヘイ……」

部室の外では、盗み見していたエルが小さくつぶやいていた。

（つまり、あれはやっぱり女装をした男子ってコトデスか!?　あんな美人が!?）

エルもにわかには信じられなかったけれど、どうやら事実らしい。

「……でも、そんな」

吸いつけられるように、エルが再び部屋を覗きこむ——すると今度は。

（あ、あれ……？）

女生徒——桂の方が、今度は男子の格好になっていた。男子の服ではあったし、髪も短いけれど、こっちは紘平のように完全ではなかった。

だけど、それでも身体の線や、表情から滲み出る艶っぽさを消すことはできなかった。

（なんだろう、すごくエッチな感じがします……）

桂の表情は上気して、頬が薄紅色に染まり——男子の服を身につけて性的な倒錯に酔っていた。

「桂の身体はさ、スラックスを穿かせると腰の細さとお尻のなだらかさが強調されて、すごくエロいよな……」

「……やめて、おっさんくさいから」

紘平に指示されて、セットの前でまっすぐに、脚をクロスに組むように斜めに立つ——すると確かに、男性用のスラックスの下から、優美な腰から尻、そして脚までのラインが現れた。

窓から入りこむ明るさを確かめると、紘平がシャッターを切り始める。ピッ、とシャッター音が鳴るたびに、桂の表情には不思議とうるんでいるような風情があふれ出してくる。
「あ……」
やがて、ふらりと力が抜けたように膝が折れると、紘平が駆け寄って抱き留める
――そのまま唇を重ねると、もつれるように近くの机の上へと倒れこんだ。
（えっ、ええーっ……!?）
覗いていたエルは息を呑む。確かに、妙にエロチックな撮影だとは思っていたけれ
ど、まさかそのまま事に及ぶなんて想像もしていなかったのだ。
「んっ、ちゅっ、じゅるっ……んぉ、ぷはぁ……」
身体をまさぐり合いながら、互いの舌がまるで別の生き物のように相手の口内を舐
る――そんなさまを見せつけられて、エルは眼を離せなくなってしまった。
「……舐めて」
唇を引き離し、その代わりに紘平が指を差し出す――さっきまでの反抗的な態度を
おくびにも見せずに、桂はその指にむしゃぶりついた。
（すっごい……めちゃめちゃエッチいデス……）
気づけば、覗いているエルにも熱病が伝染したのか、いつもの陽気な彼女からは想
像もできないような、陰鬱なため息がひとつ、身体の奥から洩れ出していた。
「んっ……ちゅっ、ちゅるっ、んぷ……ぅ、ほぁ、ぷちゅる……」

指を舐めさせながら、紘平は桂を机にうつ伏せにすると、腰のベルトを外させて、一気にスラックスとパンティまで引き下ろす――するとその下から、てらてらと蜜の絡みついた茂みと秘裂、そして慎ましやかな薄茶色のすぼまりが顔を覗かせた。

「……撮られると、テンションが上がるね、桂は」

「んっ、ぷぁぁ……あなたのせいでしょ。撮影するたびに私を犯して――さしずめ私は、もうパブロフの犬みたいなものよ」

批難めいた口調だけれど、顔とは噛み合っていない……目が切迫し、哀切な表情で訴えている。その目が、荒い息が、さらなる刺激を欲しがっていた。

「ま……そうだよ、ね！」

「あうっ！　ぐぅう………!!」

言葉の勢いと同時に、ついさっきまで舐めさせていた指を、一気に二本も、桂のアヌスへと突きこんでいく。きつく閉ざされていたはずのすぼまりが唾液を潤滑剤にした指によって無理やりにこじ開けられて、桂を快感の渦へと放り出す。

「あっ……あ、あぁ……！　お尻ぃ……ひっ、拡がっちゃ……あ、おぉ……！」

いちどきに理性の仮面を剝がされたように、桂はうめき、その口の端からはよだれがこぼれ落ちる――指が前後するたび、ぐぽぐぽ、ずぽずぽと尻穴が下品な音を立てるたびに、桂の唇からも「おうっ」とか「あっ」とか、濁った嬌声が息と共に押し出されてくる。

（やだ……お、お尻の穴、あんなふうにされちゃうなんて……！）

目前で繰り広げられる痴態に、エルもまた釘付けになっていた——喉が渇いて貼りつき、つばが飲みこめなかった。

「……こんなにいやらしいのに、まだ処女だなんて。本当、桂は変態だな」

「んぁあぁ……！　あっ、あんたなんかに、私の処女をあげる気はないってだけよ……ぉ！　ほんと、女の敵なんだからぁ……あぁあっ！」

言葉尻で、指が二本から三本に増やされて、桂は悶絶した……紘平の指は容赦なく桂の尻穴の中をこね回し、排泄器官のはずのそれは、あっという間に牝穴へと作り替えられていく。

「何言ってるんだか……そんなこと言って、腸内《なか》もきれいになってるし。犯される気満々なのにね」

くすくすと紘平は笑う——女の姿のままで笑うそれは、なんとも言えずに淫靡で、そして凄みのある顔をしていた。

「あひぃ……っ♥　あっ、うぁあ……あ、へぁ……ぁ………♥」

容赦のない責め立てに、桂の口は酸素を求めて開き、しまい忘れの舌からはだらだらと堪えきれない唾液が漏れ出していた。そんなえげつないあえぎ声に、紘平もまた昂奮を抑えられなくなっていく。

「じゃあ、女の姿のままで——桂を男の娘みたいに扱ってあげる」

ソプラノに変わった声でささやかれて、桂は身体をぶるっと大きく震わせる。

「んあぅ……っ！　はぁっ、はぁっ……いいよぉ、わ、わらひのぉ、け、ケツマ×コぉ……あんたの、そのおちん×んで、思いっきり女にしてぇ……」

切れ切れの息で桂は両手を尻にあてがうと、双臀を左右に割り拡げて、すっかり牝穴と化したアヌスを、ぽっかりと拡げて紘平のペニスを待ち侘びる。

「犯してあげる、桂……！」

「ぅあ！　あぎ……うっ、ぐぅう……!!」

スカートの下から、怒張した屹立が現れると、そのままひと息に桂の尻穴に突きこまれた……！

「あっ……か、は、ぁ……あぁ……ぁ……！」

めりめりと、幹の太い紘平のモノが、容赦なく押しこまれていく。

桂は机の端をぎゅっとつかむと、ふるふると尻を小さく波打たせながら快楽に打ち震えた！

「おっほ……きっつ……！」

突き入れた紘平も、桂の括約筋の締まりに思わず声を上げる……ペニスの根元を何重ものの輪ゴムでぎゅっと締められるような感覚に、背筋に力を入れて、うっかりと射精してしまわないように神経を集中させる。

「あぐっ……あ、あぉぉ……♥　は、ぁ……はぁっ、はぁっ……も、ばかぁ……」

息も絶え絶えだけれど、苦しそうな表情ではない。そこには明らかに甘やかな成分が混じっている。

「こういうのが、好み……なんでしょ……っ！」

「あおぉ……っ！　そうっ、そうなのぉぉ……っ!!」

紘平が、そのまま有無を言わさずにピストンを始めると、机に張りついたままで、桂はその責めを受け入れる——ずぼずぼとその尻穴は蹂躙《じゅうりん》されて、毅然としていた桂の表情が剝がれ落ちていく。

「おおっ、おうっ、おぉぉぉ♥　なんれぇ、おしりこんにゃに……きもひいいろぉ……♥」

桂の脚が、まるでカエルのように無様に開くと、なまめかしく尻が震えた。角度が変わると、剛直が受け容れやすくなったのか、ストロークが長くなり、雁首が肛門から抜けかけるたびに、ぐぽっ、ぶぽっと空気をかき回す音が響いた。

「んぉぉ……♥　はしたにゃいおとがしゅるのぉ……おにゃかがぁ……♥」

「くっ……ああ、桂も調子出てきたな……っ！」

責められること一辺倒で、ただただ蹂躙を受け止めつづけていた桂だったけれど、次第にそれに慣れてきたのか、紘平のピストンに合わせて括約筋を締めたり、緩めたりするようになってきた。

「ひきぬかれるときぃ、きゅってぇ、おしりにちからいれるとぉ……♥　おぉ、おにゃかのにゃかぁ、もってかれひゃいそうれぇ……♥」

桂が肛門がめくれ上がるような愉悦を得るのと同時に、紘平もぎゅっとペニスをしごかれて、快感が膨れ上がっていく。

「おう……っ♥　お、おぉ……♥　あっ、んおっ、おっ、おぉ……！」

二人が気持ちよさにあえぎ声しか上げなくなると、部屋には湿った交合と、紘平の腰骨が桂の尻肉とぶつかって、ぱんぱんと鳴る音だけが響き渡った。

「っ……ああ、いいよ、桂……」

「んっ、ひう……んおっ、あ、あぁ……あっ、ふぁぁぁ…………♥」

上半身を倒し、紘平は桂に寄り添うと、シャツのすき間から手を入れる……控えめなおっぱいの上では、快感で掘り起こされた乳首がピンと硬くなっていて、揉みしだかれると、桂の口からは鳴くような嗚咽がこぼれた。

「ケツマ×コで感じてる男の子のくせに、乳首でも感じちゃうんだ……変態だね」

耳元でそんな言葉をささやかれて、倒錯した桂は顔を赤くする。

「ふぁぁ……ちがうのぉ、これぇ……これはぁぁ………♥」

　桂は男の娘で、尻穴をうがたれて喜ぶ変態……そんな設定を受け容れたのか、恥ずかしそうにその身体をうねらせる。

「しかたぁ、しかたないのぉ……ケツマ×コずぼずぼされちゃうとぉ、も、なんにもぉ、わかんにゃくなっひゃうろぉ……♥　らからぁ、ちくびで感じてもぉ……し、しかたがないろぉ……♥」

　だらだらとよだれをこぼしながら、桂は否定にも言いわけにもならない言葉を口にする。

「そうよね。『桂くん』は変態だから仕方ないわよね……？」

　にやりと『紘子』が笑って、尻穴をえぐりながら桂の乳首をぎゅっとひねり上げる。

「んにゃぁぁあぁぁ……！　は、はいぃ……♥　か、かつらはぁぁ、へんたいりゃかりゃあ……♥　しかたにゃいのぉ……！」

　ぞくぞくっと、その言葉に被虐の表情を浮かべて、桂が宣言する――そのうれしそうな声に満足したのか、紘平は緩めていた抽送のペースを速め、ごほうびを桂の尻穴に叩きこんだ。

「うぁぁぁぁ……！　おしりぃ♥　おしりじゅぽじゅぽぉ♥　きっ、きもちいいよおお……!!」

ゆっくりと桂の上体を起こし、脚を抱え上げてそのまま背面座位に持っていく――

そんなところは、美少女の姿をしていても紘平が男であることを示している。

「そんな変態の桂には、ごほうびにおちん×んも一緒にしごいてあげる……！」

胸を愛撫していた片手を下ろして、ぱっくりと開かれた脚の付け根へと指を伸ばす。

「あああっ！　ら、らめぇぇ……っ！　おちん×んはらめらのぉ……っ！」

小さく勃起した桂の『おちん×ん』――つまりクリトリスを、紘平の指が包皮を剝いてつまみ上げた。

「あひ……っ！　あっ、やっ、あっあっ、おっ……♥　あおぉ……♥」

突然与えられた刺激に桂は痙攣する……腰が二度、三度と脈打つと、透明な淫液をびゅるっ、と何度も秘裂から噴き出した。

「もう射精したの？　ふふっ、床を汚して……こらえ性のない子ね」

「ぅああ、ら、らってぇ♥　ご、ごめんらひゃいぃ……♥　きもちよすぎなのぉ♥」

とろけきった顔で桂は答える。もうどこにも謝罪の意思は見当たらない……快楽のために、恥辱のためだけに、桂は謝っていた。

「ごほうびでも罰でも気持ちよくなっちゃうんだから……本当、しようのない子♥」

紘平は舌なめずりをすると、そのまま下から、一旦緩めていた尻穴へのピストンを再開した！

「あぎぃぃ……っ！　らめっ、もうっ、もうっ、もうイッてる！　イッてるろぉぉ……♥　これいじょうはぁ、バカになっひゃうぅぅぅ……っ!!」

桂は体重がかかっていて、紘平のペニスからは逃げられない……そのまま一気に下からずぶずぶと突き崩されて、表情を快楽で崩壊させた。

「だらしない顔……じゃあ私も、そろそろイカせてもらうからね……！」

背後から噛みつく吸血鬼のように、桂の首筋へと肩越しにキスをすると、そのまま桂の尻穴に憤りをぶつけていく……！

「んっ、ほぉ……っ！　お、あ、あっ……♥　あぁあっ、あっあっあっあっ……！」

体重を紘平に預けている桂は、尻穴を思いきり締めつける。ぐいぐいとその狭い穴をこすり上げるたびに、紘平の射精感もあっという間に切迫し始める。

「っ……イクよ桂っ、ケツマ×コの中に思いきりぶちまけてあげる……！」

「は、あ、あっ！　きてぇ……わらひのおしりにぃ、しぇーえきぃ、おもいっきりどぴゅどぴゅしてぇ……っ！」

「ぐっ……ぁあああ……っ!!」

「きゃううっ……！　くぅうっ、いっ、イグぅぅぅーーー……っ!!」

根元まで突き入れたその瞬間、ペニスが爆発するように桂の腸内に白濁液をぶちまけた……！

「あ、ぉぁあぁ、あっ、ああ……♥　はいって、くりゅうぅ……♥　あつぅい……」

恍惚と桂は紘平の射精を受け容れ、腸内が熱さで満たされるのを感じている。

「はぁっ、はぁっ……桂、締めすぎ……まだ出るよ……く、あっ……！」

「あっ……あぁ……♥　いいよぉ、もっとせいえきでぇ、いっぱい、おかんちょうしてぇ……♥」

大量の射精を受けて、桂はねだるようにあえぐと、名残惜しそうにアヌスを締めつけた。

「はぁ……本当、桂のケツマ×コは名器だね」

ぐったりとする桂を、そっと床の上に下ろすと、ゆっくりとその尻穴からペニスを引き抜く。

桂の尻穴は紘平のサイズにぽっかりと開いたままで、荒い呼吸に合わせてひくひくとひくついていた……。

「はぁーー……はっ⁉」

すっかりと覗きに集中してしまっていたエルは、あわてて我に返ると、周囲を見渡した。

「……ど、どうやら誰にも見つかってないみたいデスね」

そう、安堵した瞬間——まったく無造作に、目の前のドアががらっと開いた！

「あら、エルちゃん……よくここがわかりましたね」

にっこりと、女の声で優しく微笑む紘平の姿。

「あっ、あわ……あわわわ………」

エルはあまりの驚きに腰を抜かすと、その場にへたりこんでしまっていた……。


「じゃあ、ずっと覗いてたんだ」

「は、はい……ごめんなさいデス……」

動けなくなったエルは軽々と抱きかかえられて、部室の中へと運びこまれた。入り口はロックされて、エルは後ろ手に手錠までかけられてしまったのだが。

「だってさ。どうする部長？」

「ど、どうすると言われても……私は、自分が変態だというレッテルを貼り直されて頭を抱えてるところだから。紘平に任せる」

どう言いわけをしたところで、桂がエルの目前で、淫らな言葉を並べ立てながら尻穴絶頂を迎えた事実は動かないわけで……いかに桂が鉄の女だったとしても、性癖の暴露から立ち直るには、さすがにまだ時間が足りないということだろう。

「……だってさ。部長から権限を移譲されたから、後は俺が」

そう言って紘平は服を着替えると、化粧を落としながらエルと話をし始めた。

「それで？　エルちゃんとしては、女装でだましてたことを怒ってる？　それとも、俺と部長のセックスを覗き見してたことについて申しわけないと思ってる？」

「ううっ……」

これはエルも考えこんでしまった。確かにだまされていたと思うと腹が立ってくる——だが、二人のセックスを勝手に覗いていたのは自分なのだ。

「確かに、覗いてたのはごめんと思うデス……でも、それはこんなところでセックスしてるのが悪いんだって、エルは思うデスよ？」

「あはは、お説ごもっとも……だってよ部長？」

「うぅ、うっさい……！」

紘平は、桂のわめき声を聞いて楽しそうに笑う。顔の化粧を拭い去ると、髪の毛を後ろで縛る——そうすると、なるほど少し華奢ではあるけれど、普通の男子生徒の姿になった。

「改めて。俺は朝川紘平、本当は二年生だ。嘘をついたことについては謝るよ」

「コーヘイ……すごいデスね、男の子だとは思いませんでした。でも、どうして女の子の格好をしていたのデスか？」

「どうして、かあ……うーん、説明するのもバカバカしいんだけど」

紘平は、どうしてこんな経緯になったのか——それを、和実が関わっている部分だけをなんとなくぼやかすと、エルに話して聞かせた。

「……それ、あの、エルってばここにいるの、ものすごくとばっちりなのでは？」

「いや、とばっちりというか……エルちゃんが俺の正体を調べようなんて思わなければ、こんなことにはならなかったんじゃない？」

「えっ…………ぁぁあああああ!!　本当デス!!　わたし思いっきりオウンゴールじゃないですか!?」

「あー、うん。自殺点ってよりも、鴨が葱《ねぎ》を背負ってきたっていうか……？」

「っていうか！　どうして手錠なんてものがあるのデスか！　ここは写真部ではないのデスか!?」

じたばたするけれど、手錠は外れない。結構丈夫にできているもののようだ。

「その手錠はね、写真を撮る時の小道具——見てたならわかるでしょ？　うちは桂と俺しか部員いないから。普通にヌードとか、ＳＭっぽい写真も撮ったりするんだよ……それはＳＭ用の小道具。内側に手首が痛まないようにガードがついてるから、そんなに痛くないでしょ？」

「えっ、えす……っ!?」

そう言われて、エルは凍りついた。もしかしてこのままでは危険なのでは……そんな予感が脳裡を走り抜けた。

「さて……エルちゃんはさっき、『こんなところでセックスをしてるのがいけない』って、言ってたよね？」

「いっ……言って、ましたっけ。そんなコト……？」

エルの眼が泳ぎ始めるが、もちろんどこにも逃げ出せるようなヒントはない。

「言ってた。桂も聞いてたよなー？」

「……ああ、言ってたね」

「ひぃぃい！」

なんとか手錠を外そうとするエルの前に、背もたれを前にして椅子を置くと、そこに紘平がどっかりと大股を開いて座り、背もたれの上で腕を組んだ。

「つまり、このまま帰すとエルちゃんが職員室に駆けこむ可能性があるわけだ……そうだよね？」

「ない！　ないデス！　そんな可能性はみじんもないデスよ!?」

「へえ……本当に？」

「ほ、本当デス！」

「ひとつ試みに聞くけど、もし、エルちゃんが逆の立場だったとしようか……逃がしてあげられる？」

「に、逃がしますよ！　ほんとデス！　情けは人のためならずデス!!」

エルは元気いっぱいに答えるけれど、眼が泳いでいた。

「そうだね。でもエルちゃん、日本には『情けが仇《あだ》』っていう言葉もあってさ。エルちゃんがいい子なのは知ってるけど、いい子だからこそ許してもらえないこともありそうだよね」

紘平がエルのあごを取って、にっこりと笑う――メイクを落としても美少年で通用するだろうその微笑みには、異様な迫力が秘められていた。

「……今頃になって、どうしてみゃーがヒロコとの出逢いを教えてくれなかったのかが、わかってきたような気がします」

「あはは……ちょっと遅かったかな」

「わーん！」

そんなわけで、残念ながらエルもやっぱり、いやらしい写真を撮られる運命からは逃れることができないようだった……。

「それで……どんなコンセプトで攻めることにしたの？」

（せっ、責める――!?）

縛られたままで撮影セットに転がされたエルは、目を白黒させながら、目の前にいる二人の話へと耳をそばだてていた。

「あれ？　乗り気なの部長。これってば犯罪でしょ」

（はっ、はんざい……!!）

「犯罪かどうかは知らないけど、まあ口止めは必要なんでしょ。それでもダメならあきらめるわ……人事を尽くして天命を待つって言うし。せっかくだから楽しむべきよね、この状況を」

（尽くさなくていいよ！　尽くさなくていいんだってばー！　楽しむのもダメぇ！）

二人の会話を聞いていると、どんどんと不安になってくる。何かひどいことをされてしまうのだろうか？　そんな気持ちが湧き上がってくる。

「それにしても、透き通った感じのいい肌ね……すごく縄映えしそう」

「なっ、ナワバエって、何デスか……」

聞いたことのない言葉が不安を増幅して、エルはつい桂に尋ねてしまう。

「縄。つまりロープ。緊縛写真なんてどうかなと思って」

楽しそうに紘平が説明するけど、エルはそれを聞いて血の気が引いた。

「こ、こわいデス……せめて、ただ恥ずかしいだけとかで許して欲しいデス！」

「大丈夫。こう見えて紘平はプロ級だから、身体に悪いことはないようにするし、縄もちゃんとしたものを使うから、怪我をしたり、跡が残ったりもないわ」

「NONO！　そういう問題じゃ……いや、半分くらいはそういう問題デスけども！　わたしにはSM趣味とかないデス！」

「趣味は芽生えるもので、趣向は開発されるものよ。まずは試してみないとね」

「あわわわ……っ！」

　セットに転がされたままで、なんとか許してもらおうとするエルだったけれど、どうも二人はどんな写真を撮るのかってことに夢中になっている様子で、エルの言葉をまともには聞いていないようだった。

「ん、じゃあまあそんな感じで……脱がせるのは桂に任せる。俺がやったらトラウマものだし」

「いやあ、縛る時点でトラウマものなんじゃない……まあ、それでも段階は踏むべきか」

（…………!!　神さま……！）

　のほほんとした二人の口調が逆に怖い。エルが普段めったに祈らない神さまに祈りを捧げようとした時——そこへ、桂の手が伸びてきた。

「んっ、ぐぅ……むぐぅ……」

ギリ……ッ。エルが身体をよじろうとすると、そんな縄のきしむ音が部屋に響く。

「終わったね……今から猿ぐつわ《ギャグ》を外すけど、声を出したらダメだよ？　エルちゃんは今どこにも逃げられないし、君自身、他の誰かにこんな姿を見られたら人生が終わっちゃうからね」

「んうぅ、んっ、んんっ……！」

身体を縄で固定された状態で、エルは必死にうなずく――いずれにせよ、この状態で助けなど呼ぶ気にはなれなかった。

「じゃあ、外そう」

背後にいる桂が、猿ぐつわを固定していたベルトを外すと、ようやく口が自由になり、同時に新鮮な空気が喉いっぱいに吸いこまれる。

「はぁぁ……」

ゆっくりと息を吸う――心臓の鼓動が激しく波打ち、縄に押さえつけられた場所が、じんわりと熱を持っていた。

エルは生まれたままの姿に剝かれたあと、全身を縄で化粧されてしまった。両腕は頭上で革製のハンドカフに拘束されて吊り上げられ、脚は左右へと割り拡げられて、付け根の淡いブロンドの茂みを露わにしたままのあられもない姿をさらしてしまっている。エルの少し控えめなおっぱいも、縄で締め上げられてその存在を際立たせていた。

「……最後にこれね」

そう言って、首元に革製のチョーカーをはめる。

「いいね。きれいだ」

二人は、そんなエルの出来映えに満足したのか、そのまま写真を撮り始める。

大きく脚を開かされ、茂みと秘裂を隠すこともできない恥辱に、さすがのエルもも
「はぁっ、はぁっ……やだぁ、は、恥ずかしいよぉ……」

ういつもの元気はなかった。いや、こんな色っぽい声を出したのは、もしかしたら生まれて初めてのことかも知れなかった。

照度を確かめて、レフ板で入ってくる光を調整しながら、桂がシャッターを切っていく。元々、縄で締めつけられて苦しい胸が、ピッというシャッターの音を聞くたびに、さらに速く、さらに苦しくなっていくように感じられた。

耳元で、どくん、どくんと、心臓が早鐘のように跳ねて、鳴り響き——躍っていた。

「……これ、いい出来すぎて、あんまり脅迫材料にならないかも？」

「そうか？」

デジカメの撮影結果を眺めながら、二人は話をしていたが、しばらくして紘平がカメラを持ってやって来た。

「エルちゃんも、自分がどんなふうに撮られたのか、気になるでしょ」

　そう言って、液晶で撮影結果を見せる。

「やめて……」

　最初、首を振って目を閉じていたエルだったけれど、そのうちに好奇心が勝って、思わず目を開けてしまう。

「――――!!」

　写っていた映像に、エルは息を呑んでしまった……それは、確かにいやらしくて、自分の裸体ではあったけれど。それでも、不思議と名状しがたい感情と、美しさがそこにはあった。

　いつももう少し形がよくなって欲しいと思っているおっぱいは、下乳のあたりを縄が通っていて、形よく上を向いていた。腰回りは縄によって絞られることによって、まるで昔のコーラの瓶のような、美しいラインを演出していたし――何より。

「わたし、こんな顔……して……?」

　撮影された自分は、エルがまったく知らない、見たことのないような表情をしていた――なんだか、雑誌のグラビアみたいに物欲しそうで、それでいて切ないような。

　少なくとも、それが自分の顔だとはエルには見えなかった。

「んあ……っ、だ、めぇ……!」

次の瞬間、エルはぶるっと身体を震わせる……荒い息の下で、茂みからぽたぽたと愛液がこぼれ出していた。

「軽くイッちゃったか。思ったよりも……エルちゃんには適性があるのかもね。明るい子だから、そういう欲は薄いのかなって、勝手に思ってたけど」

軽い絶頂で、身体から力が抜けると、まるでそれを支えるかのように、全身の縄がぎゅっとエルの肢体を受け止める。乳首が、痛いほどにぴんと張りつめるのを感じる。

「あ、あぁ……き、気持ち、いい……」

——苦しいはずのその拘束は、エルにとっては、まるで抱きすくめられる安堵のように感じられて。

「うぁ……あ、あぁ……ぁ……」

ぷしゃっ、と……勢いよく噴き出した尿が、だらだらと開いた脚の間を流れ落ちていく。

気づけば、エルは脱力したままで、失禁してしまっていたのだった……。

「わうぅ……ご、ごめんなさいぃ……」

——終わってみると、なぜか縛られた側であったはずの、エルが謝っていた。

まあ、縛られていたとはいえ、それがお漏らしをするような理由にもならないのだから、ある意味では仕方がないのかも知れないが。

「まあ、脅されて無理やりだったのだから、気にしなくていいんじゃない？」

片付けを済ませて桂は笑っていた。撮影セットの上で失禁してしまったから、背景用に敷かれていた布をまるごと一枚ダメにしてしまったのだった。

「こっちとしては、恥ずかしいお漏らしも録画できたわけだし」

「ううっ……」

最近のデジタルカメラは高性能で、動画の撮影もできる……エルの失禁シーンは、ばっちり桂によって録画されてしまい、エルに対する脅迫材料はより完璧なものになってしまった。

「大丈夫。エルちゃんが職員室に駆けこんだりしない限り安全だよ。ある日突然ネットにアップされたりしないから安心していいよ」

「わぁん！　全然安心できないじゃないデスかー……！」

「あははっ、そうだよねー」

紘平はけろりとしているけど、それはつまり『バラしたらどうなるかわかってるな？』と暗に言っているという意味なので、エルとしてはまったく安心できなかった。

「ま、でも本当に、これ以上はこっちからは何もする気はないから……安心して。もし紘平がこれにかこつけて何か強要してきたら、私に言うといい」

「部長さん……」

脅迫者であるにもかかわらず、そんな毅然とした態度の桂に、エルは驚かされる。

「俺、そこまで信用ないんだ……まあ、確かに信用なんてカケラも積み上げてこなかったけど」

桂の言葉に紘平も苦笑した。

不思議と、そんなに悪い人たちじゃないんじゃないか——そう思えてくると、俄然エルの元々の性格としては、この二人に対しての興味が湧いてくる。

「あの……お二人は恋人同士……？」

「に、見える？」

「あわわわっ！　みっ、見えませんデスね！　はい……！」

『恋人同士ですか』まで聞こうとしたのに、そこで桂にすごい剣幕でギロッと睨まれたので、エルはあわてて質問自体の意味までをキャンセルした。

「腐れ縁なんだ。いわゆる幼なじみみたいなものなんだろうけど」

「いやいや『みたいなもの』って桂……まあ、普通に幼なじみだよ」

二人の会話は剣呑だけれど、特に仲が悪いわけでもないようだ。

「紘平はご覧の通りすごく顔がいいんだけど、いつからか女癖が悪くなってね。友だちとしてはそう悪くはないんだけど、とてもじゃないけど恋人にはまったく向かないんだ」

「わぁ……そんなにデスか。確かに、何か顔のよさでごまかされちゃってる感じ、ありますね！」

桂の極端な説明に、エルも同意してうなずく。

「ひどい言われようだ。あのね、二人とも……言っておくけど、俺を女装させたのは桂だから。そこは忘れないで欲しいね」

「えっ、そうなんデスか！」

「そりゃ、これだけ顔がいいんだもの、被写体としていじるにはもってこいじゃないか。何かおかしなことがあるのか？」

「あははっ……そ、そうデスね……あはっ、あははっ……」

悪びれずに桂がそう答えたので、エルもつい笑ってしまう。

（そういえば、さっきのエッチでも、コーヘイは部長さんとお尻でしかしないという約束をちゃんと守ってましたね……思ったより、悪い人じゃないのかも）

つかまって脅されていたという立場から、いつの間にか自分が二人の仲間になれたような気がして、そんなに悪くない気分になっているエルだった。

「……そうだ。せっかくだからエルちゃんにひとつ、頼みがあるんだけど」

「えっ、何デスか？」

「美夜さんを、今度ここに連れてきて欲しいんだけど……お願いできないかな」

紘平が思い出したように、そんなことを口にした。

「みゃーを……？」

「うん。ああ、別に美夜さんの方は裸にしたり縛り上げたりとか、そういう話じゃないからね」

「ええっ!?　それはなんだかサベツな匂いがしますよ！」

苦笑する紘平に、エルは猛抗議する。

「まあ気持ちはわかるけど……というか、もし美夜さんにそんなことしたら、エルちゃんは美夜さんにどう思われるかとか、考えてないの？」

「えっ……ああっ!?　ダメですよ！　そんなコトしたら、わたしがみゃーに口を利いてもらえなくなっちゃうじゃないデスかぁっ！」

「ええっと、まあだから、そういう話じゃないって今言ってたと思うんだけどさ……エルちゃんは、もうちょっと考えてから話した方がいいと思うなー」

「面目ないデス……エルはみゃーにもたまに、同じコトを言われるデス……」

しゅんとするエルの頭を、紘平がそっとなでた。

「まあ、美夜さんは真面目でちょっと控えめで、塞ぎがち——に、見えるから」

「え……っ？」

そんな言葉に、エルはきょとんとして紘平を見た。

──『見えるから』とは、一体どういう意味なのだろうか？


「はい、もしもし……あ、紘平？　どうしたの、電話なんて珍しいじゃない」

その日の夜、和実は紘平からの電話を受けていた。

「え……服を貸して欲しい？　あたしの？」

『そう。ちょっと攻めっ気のある感じの服がいいかな……多分サイズ的には和実のがぴったりだと思うんだよね』

「ぴったりって、誰に？」

『宮原さんに』

その言葉で、和実の動きが止まった。

「えっ、紘平ほんとに……あの子をどうこうしようと思ってるの？」

『けしかけたのは和実でしょ』

「いや、まあそうなんだけど……」

和実は飲みかけの缶ビールをテーブルに置くと、ソファに座り直した。

『和実の見立てては、まあ正しかったんじゃないかな。手を出さなかったのは正解だったと思うけど』

「……そっか。ん？　ちょっと待ってよ。じゃあ紘平は手を出してもいいっての？」

和実の問いかけに、電話の向こうからはくすくすと、小さく笑い声が聞こえた。

『さあ……どうなんだろうね。それで、貸してくれるの？　くれないの』

「……わかったわ。適当に見繕う。その代わり」

「……何」

「取りに来なさい。今すぐによ」

「はあ!?　なんで……」

「『あたしが面白いから』に決まってんでしょ……いやなら貸さないわ」

「…………わかった。今から行く」

「よろしい」

そこで、電話は切れた。

「ふふん」

そこでにやりと、和実は笑った……。

「それで？　なんでわざわざ呼びつけたの」

「ん、まあちょっとち×こが欲しくなって？」

夜だというのに、わざわざ呼ばれてやって来た紘平に対して、和実はそう答えて笑って見せた。

「……あのね」

「いいじゃない！　こんっな美人のお姉さんとタダでおま×こできるのよ？　何が不満なのよぅ」

「はいそこ、下品だからおま×ことか言わない……そこまで性格が破綻してて、よく学園の先生なんてやってられるよね。和実は」

「おあいにく。猫をかぶるのは得意なの、にゃーん？」

「比喩と実際がごっちゃになってるけど」

「ばーっか、おちゃめでしょうが、お・ちゃ・め」

紘平も人を食った性格だとよく言われるが、和実ほどではない——と思う。

もっとも、当人たちへの評価には関係なく、そんな二人だからこんな関係でいられるのかも知れないが。

「実は、ひとつ聞いておこうと思ってね。呼んだんだ」

「——宮原さんなら、特に無理強いとかはしてないよ。口止め以外はね」

「答えんの早い。せめてこっちが質問内容を言い終わってからにして」

「………………ごめん」

なぜかそこで紘平が素直に謝ったので和実は面食らうが……まあ、気にしないことにした。

「口止めには何したの？」

「写真を一枚」

紘平はスマホを取り出すと、美夜を脅して撮影した写真を見せた。

「わ、何楽しそうなことしてんのあんた、バカじゃないの……でも、何かいやそうには見えないわよ？　この子」

和実は、写真を見ながら楽しそうに笑う……それが教え子のものだというのに。

「確かに。そこはちょっと脅迫写真としては不備かなと思うけど」

「いやぁ、そこはどうでもいいんじゃないかな」

「そうかな……」

時折、この二人の会話はかみ合わないが、その場合、この二人は会話そのものを投げ捨ててしまうので、あまり問題にはならない。すると次の会話はこうだ。

「じゃ、あたしをひん剝いて、バックからレイプして」

「……待って、いくらなんでも会話が飛びすぎて理解できないんだけど」

「あたしがあんたをいちいち呼び出すなんて、セックスしかなかったでしょ、過去」

「それは……まあ、そうかも知れないけど。何さレイプって？　さすがにちょっと説明がいるんじゃない」

「説明って……あたしは今ほろ酔いで、脅迫写真を見たところなワケ。この適度に潤ってきた妄想を、現実に具現する存在を求めてるってワケですよ」

やや熱のこもった――いや、酒に酔っているのかもしれないが――視線で、和実は紘平を見つめた。

「……バックで?」

「バックで」

そこでしばらく無言になるが、やがてあきらめたように、紘平は和実に襲いかかった。

「きゃ……っ!」

紘平に引き倒され、床に転がされると、和実はかわいらしい悲鳴を上げた……まあ恐らくは脳内でしおらしくかわいい自分像、みたいなものがあって、それを演じているのだろう。

「やめて……いや……っ!」

それでもリアリティは大事にしているらしく、和実は本気で反抗し、一度紘平は蹴り飛ばされる。体勢を整えて、攻撃を受けた脇腹を押さえた時には、もう紘平も本気だった。

暴れる和実の両腕を後ろ手につかみ、動きを封じると、じたばたともがく和実のスカートをつかむと、思いきり引き裂いた。ビビイッとすさまじい布を裂く音が響いて、和実のパンティが露わになった。

「動くな……怪我をしたくなきゃね」

和実の耳元にそうささやくと、和実がリンゴの皮を剝くのに使っていただろう果物ナイフを取ると、そのままぴったりと、和実のパンティと尻の間に差し入れた。ひんやりとしたナイフの感触に、さすがの和実も小さく『ひっ』という声を上げた。

そのままブツッという音とともにパンティが切り落とされると、肌の熱が一瞬拡がり、成熟した和実の秘裂が露わになった。

わずかに濡れてはいるが、そこまでではない——それなのに、紘平はベルトを外し、スラックスを落としてすっかり昂ぶった性器をさらすと、なんとまだ濡れていない和実の膣内へと、乱暴にペニスを押しこんでいった……！

「やっ、いたぁい……っ！　やめ……っ、うぁあぁぁぁ…………っ!!」

紘平もやや擦過気味で、あまり気持ちよくはなかったが、恐らくは和実の方がもっと痛かっただろう。だが紘平は気にせず、まだ濡れていない膣を、乱暴に剛直で蹂躙していく……！

「ぎゃ……っ！　ああっ、おねがぃ……許してぇ……っ！」

迫真の演技——なのか、本当に痛いのか、それはわからないが、じたばたと逃げ回ろうとする和実の上半身を床に押しつけて、どすどすとペニスを突き入れていく。

「あ、がぁ……！　うぎぃ……っ、やめっ、いたっ、いたいのぉ……!!」

涙を流して哀願するが、紘平は和実の言葉を聞かない……やがて諦めたのか、和実の両手は床に落ちて、紘平にされるがまま蹂躙されるようになってしまった。

「あうっ！　あっ、あぁ……うぐっ、ふぁぁ……あ、あっ！　あぁ……♥」

だがやがて、声が甘いものに変わっていく……見ると、昂奮したのか、いつの間にか愛液がぽたぽたと床にまでこぼれ落ちるようになっていた。

「ああ……っ♥　だめ、許してください……だめぇ、気持ちよくなっちゃ……！」

落ちた腕が、今度は快楽をこらえるように握り拳になり、背後から尻を打ちつけるたびに、いやらしく震えた。

「んっ、あっ、やだぁあ……っ、うん……っ、も、やぁ、あたし……っ！」

興が乗ってきたのか、それとも本当に感じ始めたのか、頬が紅潮し、髪を振って和実が乱れ始める。

「っ……締まる……！」

いやらしく尻を揺らめかせると、和実の膣内がぎゅっと締まると、紘平の気持ちを射精へと持っていこうとする。

まだイクには早い……そう考えて、紘平は親指を舐めると、そのまま和実のくすんだ薄茶色の小穴に押しこんでいく。

「やっそこ……っ、おしり、うぁあぁあぁぁ…………っ!!」

突然の異物からの衝撃で、膣の締めつけが少しゆるむ——その隙に、ぱんぱん腰骨を尻たぶに叩きつける勢いで和実の膣を責め立てる。

「んぁあ、あぉぉ……っ、や、らぁ……あたひぃ、こんなのれぇ、イキたくっ……イキたくないろぉ……っ!!」

和実の声を聞かずに、がんがんに腰を打ちつけて、どんどんと絶頂へと押し上げていく。和実の頬に血色が昇り、目には涙が浮かび始める。

「はぁっ、はぁぁ……っ♥ もうっ、あたしっ、イックッ……イクっ、イクイグぅ!」

口が開き、舌がだらしなく垂れると、床にぽたぽたとよだれが落ちていく。

「っ……そろそろ……ッ!」

和実の膣内が波のようにうねると、紘平を快楽に押し流そうとする……限界に近づいて、紘平はむさぼるように和実をかき回し、ぐいぐいと絶頂に近づいていく……!

「あーっ! あっ、うっ……! あっ、あっあっあっあっ……♥ はげし……っ! だ、めぇ……っ! イッちゃっ、イッ……イクぅ……っ!」

「っ……くぁあぁ……!」

和実の中で放ってしまいそうになる寸前で、紘平はペニスを引き抜くと、その瞬間に精子が思いきり噴き出した……！

「んぁあぁっ、あぁあぁぁぁあぁーーーーーーー……っ‼」

白濁を思いきり尻にぶちまけられながら、和実は身体を震わせながら、絶頂を迎えていた……。


「はぁ……んっ、八十五点！」

「点数、つけるんだ……」

事が済んで、部屋を片付けた後、和実がそうつぶやいた。

「もうちょっとだった。射精前に『うぉぉ、膣内《なか》だ！　膣内に出すぞぉ！』って言って、ほんとに中出ししてくれたら百点だったのに……そうしたらあたしも、定番の『いやっ、おねがいやめてっ！　赤ちゃんできちゃう！』っていう名台詞を言えたんだけどなあ……」

「……やらないよ、そんなこと」

紘平は心底あきれたが、和実は楽しそうにしているので、特に問題はないようだった。

「しかし、スカートとかパンティとか、よかったの？　破っちゃったけど」

「平気よ、そんなに高いのはないから。リアリティは大事よね！」

「いや、まあそう言うだろうと思ったからやったんだけど……さすがに中出しまでは予想外だったな」

「そりゃ、そんなところまで予想できたら神になれるでしょ。そこまで贅沢は言わないって」

「……それは贅沢とかそういう話じゃない気が。それで？　用事は終わりですか」

紘平は肩をすくめるが、和実は笑う。

「そうだなあ……あ、待って。ちょっとだけ、ぎゅっと抱きしめてくれると嬉しいかな」

「？　別にいいですけど……あ」

そこで、紘平は初めて、和実の身体が快感ではなくて恐ろしさで小さく震えていたことに気がついて、言葉をなくした。

痛くないわけがない。恐ろしくないわけがない。

「……まったく、和実はバカだなって思うよ」

言いながら、紘平は和実を抱きしめる。和実も、そんな紘平の背中に手を回した。

「やっぱりこんなにほっそりしてたって、男の子なんだよね、紘平は……押さえつけられて、身動きが取れなくなった時は、すごく怖かったー」

「それはそうでしょ」

ぽんぽんと、紘平が優しく和実の背中をたたく……しばらくして、和実の方から、ゆっくりと身体を離した。

「よし！　終わり。約束通り、服は貸してやる」

和実は冷蔵庫から新しい缶ビールを取り出して、プルを引く。その間に紘平は、帰るために玄関のドアに手をかける――それは、年齢に見合わないドライな関係だった。

「ありがとう。和実のセンスは信頼してる――じゃあ、明日持ってきて」

「はいはい」

それで、玄関のドアは閉まった。

「しかし……見立ては正しかった、か」

和実は缶ビールをあおる――不思議と、紘平が電話で口にした『和実が手を出さなかったのは正解だったと思う』という言葉が気になっていた。

「ま、あたしが気にしてもしょうがないか……紘平のその判断、信じましょ」

飲み干した缶をねじって潰すと、ゴミ箱に放り投げる。

「しかし、攻めっ気のある服かあ……あの子にねえ。どんなのがいいかしら」

そんな言葉を口にしながらも、和実は楽しそうにワードローブへと歩き出す。

「けどまさか、紘平が自分から進んでそんなことをするなんてね……」

少し若めの、けれどかわいすぎず、色気も匂わせるような感じかな——あたしは適当に、そんな服を選んでいく。

「まったく、アフターケアまで気が利いてる。紘平って子は」

あたしの中の恐怖心に気がつくなんて、正直、あの歳の男ができることじゃない。

「ふふっ、惚れてまうやろ……はは っ」

——おかしくなって、つい笑ってしまう。

初めて出逢った頃、紘平はぶっきらぼうに人を突き放すような感じがあった。それでいて、会話やコミュニケーションはそつなくこなしていた印象だった。あたしが手を出してみようかなって思ったのは、そういうややドライな面を紘平に見ていたからだ。

「……ま、後腐れがないってのは確かにいいところではあるんだけど。ちょーっと物足りないところはあるかなあ」

大人びていて、退き際を心得ている——ありがたいことだったけど、これでもあたしはそれなりの美人だって自覚があるわけで、そういう意味じゃもう少しがっついてくれた方が、自尊心も保てるってものなんだけどね。

紘平と関係を持ってみてわかったのは、あの子は多分、それほど幸福な家庭で育ってはいないだろう……ってことだった。手に入るものに対する執着のなさは、つまり『いつそれを失っても平気なように』という、紘平なりの処世術なのだろうと思う。

「お、この辺かなー。おっぱいもそこそこ強調できるし、下品すぎないし」

シャープな印象のジャケットに、少しかわいい感じのテイストを残した襟ぐりが大きめなブラウス。スカートもそれに合わせて短めに見繕う。

狙い通りの組み合わせが見つかると、あたしもだんだん楽しくなってきた。服で貸しをつくったんだから、結果がどうなったのかは後で寝物語にでも聞けるだろう。

「しかしそんな紘平が、自分から攻めて出る……かあ。よっぽど、宮原さんに気になる何かがあったのかね？」

正直、あたしにはわからなかった。もっとも、そんなに宮原という子とは話したことがあるわけじゃないから、それは当然かも知れないけれど。

けれど、もしそれで紘平が少しでも友人や恋人というものに眼を向けるなら、それはそれで進歩なのではないか——と、そこまで来て、あたしは自分がいかにも教師らしい上から目線でものを見ていることに、自分で苦笑してしまった。

「しっかし……もしかして、あたしってば教師としていいことしちゃった？　しちゃった？　うんうん、青春だよねぇ」

こんなあたしみたいなのでも職業病か、という気恥ずかしさを苦笑いに変えると、あたしは選んだ服にアイロンをかけることにした……。

美夜は、ほんとうはかわいいんだから！

～変身と注目と、露出プレイ!?～

「えっ……写真部？」

次の日。美夜はエルから写真部に一緒に行ってみないかと誘いを受けていた。

「うん。ヒロコが、よかったらどうぞって」

「紘子さん、写真部なんだ……」

そんな話がエルから出るというのも驚きだったけれど、紘子の方から声がかかるなんて、美夜は思っていなかった。

脅しのために、写真という担保を取られてしまった今、紘子が美夜へ積極的に関わり合う理由なんて、もうどこにもなかったからだ。少なくとも、美夜の側からすればそう思えた。

「い、行かない……かな？」

それに、エルの様子が少しおかしかった。いつもなら、美夜の都合なんて聞かずに、手をつかんで連れていきそうなものなのに。

「紘子さんのお誘いって言うなら、それは断る理由、ないんだけど……」

この誘いに、どんな意味があるのか——美夜は考えていた。

紘子はあの時、「美夜が職員室に駆けこまない限り、こちらからは何もしない」と言ってくれた。だからきっと、この誘いは脅迫のたぐいじゃない。

じゃあ、なんだろう……そう考えていたところに、紘子の言葉が脳裡に甦った。

『……こっち側には、来てくれないの？』

その瞬間、美夜はぶるっと身体を震わせた——紘子は、まだ扉を開けたままで、自分を待ってくれているのかも知れない。そんな分不相応な考えが頭をよぎる。

「……みゃー？」

「あっ⁉　うん……わかった。行くよ」

それがいいことなのか、悪いことなのかはわからなかったけれど。

臆病な自分を、こんなふうに優しく、変化の可能性へと導いてくれる。そんな機会はもう二度とないんじゃないか——そんな気持ちで、美夜は紘子の手を取ってみることに決めたのだった。

「し、失礼します……」

写真部へ行くと、紘子ともうひとり、美夜の知らない女生徒がいた。

「いらっしゃい。ようこそ、写真部へ……ああ、この人がうちの部長」

「部長の蓮見《はすみ》です。よろしく」

桂がそうあいさつをする。ちょっと憮然としているように美夜には思えた。

「実は、美夜さんに写真のモデルをお願いしようと思って、エルちゃんに伝言を頼んだの」

「えっ……も、モデルですか？　わ、私が!?」

「ええ、ダメかしら」

そこでなぜか美夜は驚いた。写真部なのだから、普通は写真を撮るか、撮られるかのどちらかしかないはずだが、美夜は『紘子の誘い』というところだけが気になっていて、肝心の用件が何なのかが頭に入ってきていなかったようだ。

「ちょ、ちょっと、恥ずかしいでしょうか……」

「そうよね。美夜さんが恥ずかしがり屋なのは、わかっているつもり……でも、あなたはここに来た。そうでしょう？」

にこっと――いや、にやっとだろうか？　紘子が笑う。そこで美夜は彼女にいやらしい写真を撮られているのを思い出した。

「はっ、ははっ……そ、そう！　そうですねっ！」

あわてて首を縦に振ってから『写真を使って脅すようなことはしない』と言われているることを思い出したが、紘子のきれいでちょっと悪そうな笑みを浴びてしまうと、ついそんなふうに反応してしまう美夜だった。

（ううっ、私、弱いなあ……とほほ……）

「ふふっ、じゃあ始めましょうか」

紘子は余裕の表情だ——もしかしたらそんな美夜の行動を見透かして、演技しているのかも知れない。


「……あっ、あのっ」

「動かないで」

「は、はいっ……！」

美夜は腰かけさせられると、いきなり襟ぐりの大きな服に着替えさせられ、恥ずかしさを訴える間もなく化粧が始まってしまった。

（ううっ、ち、近い……！）

桂が髪を整えている間に、紘子が美夜のメイクを始めた。下地から始まり、ファンデーション、まつ毛、眉……驚きの手際のよさで、美夜の表情をデザインしていく。

もっとも、肝心の美夜は目の前にずっと紘子の顔のアップがあって、それどころではないようだ。

「……どうかしら」

「いいんじゃない？」

上を向け、目を閉じろ、口を開けるな……などなど、延々と命令を受けつづけて美夜が疲弊しきった頃、紘子と桂は二人で美夜の前に立って、その出来映えを確かめていた。

「うわっ!?　みゃー、すごい……」

初めは周りをうろうろしていたけれど、構ってもらえなかったので教室の端でスマートフォンをいじっていたエルが、メイクの終わった美夜を見て歓声を上げた――けれどエルは純粋に喜びというよりも、驚愕というような顔をしていて、それが美夜には気になった。

「私、いったいどうなって……!!」

桂に大きめの鏡を向けられて、美夜は言葉を失くした――そこに映っていたのが、とても自分だとは思えなかったからだ。

そばかすが消えて……いや、目のわきのくすみも、おとなしかったまつ毛もぱっちりとして。それはもはや別人のようだった。

堅めのジャケットの下からは、フリルでできた立ち襟がのぞき、少しシャープめの化粧と合わせて「かわいい大人の女性」という感じを醸し出していた。その上で、短めのスカートがそこに無理なく色気を添えていく。

それは、さっきまでの美夜とはまったく異なる印象を抱かせるものだった。

「なるほど、こう……紘子の見立てはさすがだな」

仕上がりを見て、感心したように桂もつぶやく。

「素材はいいんだから、美夜さんも少しは自分に手をかけてあげないとね」

「そ、そうなんでしょうか……」

紘子の言葉に、美夜は顔を真っ赤にする。自分の素材ではなく、紘子のメイクの腕がすごいからなのではないか……あまりの変わりように、そんな気持ちがどうしても抜けなかった。

「髪もそうだな。ちょっと傷《いた》んでるから、ケアをした方がいいと思う」

美夜がざっくりと編みこんでいた髪をほどいて、すき直してくれた桂も同様の評価をする。鏡を見ると、いつももっさりした感じでまとまらず、編んで済ませていたはずの髪が、さらりと流れるようになっていた。

「うぅ、なんか女の子として……面目ないです……」

そんな申しわけなさそうにしている美夜に小さく微笑むと、紘子はぽかーんと美夜を見つめているエルの方に振り返った。

「どうかしら。美夜さんのかわいさが理解できたら、これからは侮ってはダメよ？　エルちゃん」

「え……っ」

そう言われてエルは驚いた。もちろん美夜も驚いた。それはそうだろう。

「美夜さんはエルちゃんのことをかわいいと思ってるの……だから、エルちゃんと一緒にいると、美夜さんは自分に自信が失くなって、控えめになっていくの」

「そ、そうなのデスか？　みゃー」

「そんな、不本意です……私は……！」

二人は互いを見つめると、困惑の表情を見せたけれど……先に気づいたのはエルの方だった。

「……そういえば、みゃーはわたしといる時、時々サミシイというか、しょんぼりとした顔をしている時がありますね」

「えっ……!?」

エルの言葉に、美夜も気づかされる……そういう瞬間があって、だけど自分は『お姉さんだから』と、その気持ちを呑みこんで笑っていた。

あの時にあきらめていた何か、それが自分にとっての自信なのだとしたら、そうするたびに、自分への自信をすり減らしていたのだとしたら……美夜はそう思い至って、動きが止まってしまった。

「美夜さんはかわいい。エルちゃんもかわいいわ……だから、エルちゃんにお願いするの。この子がかわいいんだということを、忘れないであげて欲しいの」

「ヒロコ……」

エルは紘子の言葉に少し考えていたけれど……やがて、力強くうなずいた。

「みゃーはかわいいデス！　これは宇宙の真理デス!!」

「ええーっ!?」

いきなり素っ頓狂なことをエルが言い出したので、美夜は思わず声を上げてしまった。

「いつものぼんやり、ほんわりしてるみゃーもスキでしたけど……こんなふうにキュートなお姉さんになったみゃーもすっごいかわいいデス！　だから、かわいいのはみゃーだと思います！」

「エル……」

すっぱりとした、気持ちのいいエルの宣言に、気づくと美夜の目元には涙が溜まり始めていた。

「あら、泣くのはまだ早いわ。撮影の前にメイクが落ちちゃう」

ハンカチーフを取り出すと、紘子がさっと美夜の涙を拭った。

「じゃあ、美夜さんに納得してもらったところで、さっそく撮影を始めましょうか」

「はっ、はい……っ！　よ、よろしくおねがいしまう……っ⁉」

「……噛みましたネ」

「噛んだね……」

「ふふっ、美夜さんも、やっと普段の調子が出てきたってことじゃないかしら」

「ふ、不本意です……」

顔を真っ赤にしながら——それでも、紘子が差し出した手をおずおずと取ると、美夜は立ち上がった。

「……この辺にしておこうか」

「そうね。美夜さんもかなり頑張ったし」

「お、終わりですか……？　はぁぁ……疲れました……」

開始された撮影は一時間半にも及び、慣れない美夜は気づけばくたくたになっていた。

いろいろなポーズや表情、小道具なんかも使って、さまざまな写真が撮影された。最も大変だったのは当然ながら表情で、元々恥ずかしがり屋で人見知りの美夜だ。普通に笑うだけでもひと苦労だった。

「ううっ。なんだか、顔が引きつって固まっちゃった感じです……」

「面白いデス。普段ぽややんとした顔しか見てないみゃーも、こんなに色んな表情ができるのデスねー！」

「ふ、不本意……エルひどい！」

「えー、だって見てください！　普段みゃーが絶対しない、女優さんみたいな流し目！　流し目デスよ⁉」

「ひゃあああ！　なんですかこの写真っ⁉」

「表情と目線を指定して、その途中の表情を撮ったりすると、被写体が予測もしていなかったものが撮れることがあるんだ」

ひと息ついてお茶を飲んでいる桂が、写真についてそんな説明をする。

「さすがデス、どれもプロの写真みたいデスね」

「私が私じゃないみたいです……」

デジカメに収められたグラビアページ風のポーズや表情の数々。美夜とエルは二人で、歓声や悲鳴を上げながら確認した。

「じゃあ次は、エルちゃんも撮りましょうか」

「え……っ」

そんな紘子の言葉に、エルは凍りついた。

「……大丈夫。今度はＳＭ写真じゃないから」

「あはっ、あははっ……そ、そうデスよね……」

エルにだけ聞こえるよう耳元で紘子がつぶやいて、エルは思わず苦笑する。

「じゃ、じゃあ……お願いします。その、実はこの間の写真も……わりとあの、嫌いじゃないカナ、なんて」

「本当に？　それはよかったわ。嫌われないですみそうね」

エルの返事を聞いて紘子はくすりと笑う――そんな二人の様子を見て、美夜は胸がちくりと痛む。それは不思議な感情だった。

（なんだろう？　今の……まるで……）

楽しそうに撮影の準備を始める三人の姿を見ながら、美夜は自分の中の不可解な感情に戸惑っていた……。


「こ、こんな感じデスかっ!?」

「ああ、いい感じかな……目線をこっちに」

撮影は続く。今度はエルの――こちらは幾分過激な衣装で、水着姿だったけれど、不思議とエルは素直に受け入れると、嬉々として撮影に入っていた。

もちろん、エルの前回の撮影が脅迫のための全裸撮影だったことを美夜は知らないから、エルが『前回よりはマシ』と思っていることも知らなかった。

(エルって、あんなどっきりするような色っぽい顔、するんだ……)

見ているとこっちが赤くなってしまうような、そんな艶っぽい、まるで小悪魔みたいな表情だな……と、美夜は思った。

「……ね、美夜さん」

「あ、はい」

その時、撮影を桂に任せて横で一緒に眺めていた紘子が、美夜にささやきかける。

「ちょっと、抜け出さない?」

「え……っ」

その言葉にどきりとして紘子を見上げると、その目が妖しく微笑んでいる――それはあの時、脅された時の表情だった。

(あっ……)

瞬間、美夜は内股にきゅっと力が入る……身体の中で何かいやらしい液が分泌されて、それが滴ったような感覚を味わったからだ。

「……どうかしら」

見つめてくるその瞳は、あくまでも控えめに、無理はしなくていい……そう語りかけてくるように、美夜には思えた。

「は……はい……」

――待っていた。

ずっと、待っていたのだと思った。

無駄だとわかっていてもつい、浮《うわ》ついた噂のある和実の周りをうろうろしてしまったりしていた……あの頃から。

ずっと、待っていたのだ。そんな扉が目の前に開くことを。


「――せっかくかわいくなったことだし、それを実感するのがいいんじゃないかと思って」

西棟の一番奥、人が一番寄りつかない女子トイレ――小さな窓から夕陽が射しこむ、一種幻想的で、妖しくもあるそんな空気の中に二人はいた。

「ええと、この格好のままでお出かけする……って、ことですか」

「そう。きっと今まで味わったことのないような体験ができると思うわ」

それだけなのだろうか――そんな美夜の残念がっている心情が伝わったのか、にやっと紘子は微笑んで、

「ただし――これを、あなたの中に挿れたままで、ね」

そう言って、薄桃色の小さなタマゴのような玩具を見せた。

「美夜さんって、経験済みなのかしら？」

「だったらこんな性格……してないと思います」

「そう？　ふふっ、そうかも知れないわね」

「ふ、不本意です……」

窓際の個室に揃って二人で入ると、紘子はいつかのように、美夜にスカートを持ち上げさせる。

「あったかそうなお腹ね」

ゆっくりと、美夜のパンティを引き下ろすと、ほんのりと体温をまき散らしながら、うっすらとした茂みが現れた。

「乾いていると痛いでしょうから……少しだけ脚を開いて」

「っ……あぁ……」

美夜は恥ずかしいと感じつつ、脚をがに股状に開く……足下にパンティが引っかかっているから仕方がないのだが、その姿勢で腰を突き出さないと紘子に秘裂をさらすことは難しい。

「こんな格好、はしたないです……」

「下品なことって、自覚しながらだと昂奮するわよね……ほら、もう少し腰を突き出して?」

「んっ……はぁ……」

ぐっと恥骨を前に突き出しながら、美夜は背中をぞくぞくと奔る快感に襲われる。

紘子の顔の前に、ぐっと自分の陰唇を露わにして震えていた。

「いやらしいわね……ちゅっ」

「ひぅ……っ!」

茂みを避けて秘裂を左右に割り開くと、昂奮で少し大きくなったクリトリスが顔を出す……紘子がそっとキスをして、そのまま舌で軽く舐めると、美夜が甲高い声で啼いた。

「少し濡れてないと痛いものね」

「あっ、紘子さっ、そんっ……ああ……っ!」

そのまま紘子は美夜をクンニする。少し刺激を続けていると、美夜の膣内から愛液が滴ってくる。

「そろそろ平気そう」

指先で愛液をゆっくりと陰唇になじませる……頃合いを見て、陰唇を左右に割り開いた。

「……本当、かわいい処女膜が見えるわね」

「やだ、そんな恥ずかしいところ……見ないで、くださいぃ……あ、はぁ……」

紘子が身体を震わせるたびに、膣も収縮する。それが清純な美夜のものだと思うと、とてつもなくいやらしいと感じられる。

「この大きさなら、処女でも大丈夫……」

舌なめずりして、紘子がゆっくりと、美夜のまだ狭い膣内へとローターを押しこんでいく。

「んっ……んんっ。こわい…………！」

初めて膣内に異物の侵入を許して、美夜はその恥ずかしさと怖さに耐えていた。

「……どう？　痛みとかあるかしら」

「はぁっ、はぁっ……だ、大丈夫、です……」

「そう……じゃあ」

紘子はポケットからスイッチを取り出すと、そのダイヤルを回す。カチリと小さな音が鳴り、一番弱いレベルでローターが振動を開始する。

「ひゃう……っ！」

身体の中で蠢くようなブーンという振動が発せられると、下腹部全体がなんだか重くなったような感覚に襲われた。

「どう……？」

「まだ、よくわかりません……でも」

　このままこれが続くと、あまりよくないことが起きるような——そんな感覚が美夜を不安にさせる。

「大丈夫。こんなことをしちゃった責任はちゃんと取ってあげるから……安心して、私と一緒にいればいいわ」

「………は、はい」

　——そんなことを、言われてしまったら。

　美夜はもう、その言葉に従うしかなくて……顔が赤くなって、動悸が高鳴る。美夜にはそれが、恥辱のせいなのか、快感のせいなのか、それとも、紘子に対する思慕のせいなのか——もう、すっかりわからなくなってしまっていた。


「んっ……すごく、ドキドキします。っていうか、心臓が破裂しちゃいそうです……」

　二人は学園の一番近くにある繁華街まで電車で移動した。電車に乗るまでも、美夜は着慣れない大胆な服と、膣内に埋めこまれているローターの弱々しい振動に泣きそうになっていたけれど……雑踏の人いきれを前にして、さすがに足がすくんでしまったようだ。

「……どう？　わかるかしら」

「あ、あぁ……わかります。怖い……」

紘子に手を引かれ、駅前の人混みを縫うように歩いていく。

（お、なあなあ、あの子らかわいくね？）

（マジだ。すっげえかわいいな……）

いやが応にも、気がついた――いつもとは違う視線。顔に、おっぱいに、お尻に……いいや、全身をなで回すような品定めの視線を美夜は感じ取っていた。

これまでも、胸やお尻に無遠慮な視線が刺さるのを感じたことはあった……けれど、ここまで大勢の視線を感じたのは、美夜にとっては初めてのことだ。

男性だけではない、女性からの視線があるのも感じられた――何よりも今までと違うのは、こちらが視線の感じた先を追うと、相手が恥ずかしそうに眼をそむけるということだった。

「見つめた相手が、照れて眼を逸らすなんて……初めてかも」

「美夜さんだって、美人に見つめられたら照れるでしょう？　それと一緒よ」

「――――!!」

そう言われて、胸がキュッと締めつけられた……つまり遠回しに、あなたは美人だと、そう言われてしまったということで。

「っ……はぁぁ……」

それだけで、美夜の唇から熱い吐息が洩れる――そして、そんな美夜の様子を覗き見していた、数人の男たちの足が止まった。そんな周囲への影響力を確かめて、紘子はほくそ笑む。

「……少し、座りましょうか」

「あっ、はい……」

待ち合わせの人たちでごった返す駅前広場。紘子と二人ベンチに腰を下ろすと、美夜は周囲の視線が気になった。

「――あれ、かわいいじゃん、誰かと待ち合わせ？」

だが、そんな余裕もなく、見知らぬ男たちから声が掛かる。頼りの紘子は、横でくすくすと笑っているだけだ――パニックになって、美夜は焦った。

「とっ、友だちを待っているので……！」

とっさに考えた言いわけを口にしたその瞬間、美夜の下腹に衝撃が走った！

（ああっ……紘子さん、まさかローターの振動、強くしたの……!?）

目盛り最弱の時は、少しお腹が重くなったような、もどかしい震えしか感じなかったのに……段階が上がった瞬間、美夜の視界にはチカチカっ、と光が飛んだ！

「ぅあ……！」

「ん、どうかした？」

「あっ……い、いえ、なんでも……ない、ですぅ……」

強くなった振動が、今までずっと響いてこなかった微弱な振動を一度に引っぱたいたような衝撃を与え、それまで眠っていた膣内の感度を一気に目覚めさせた。

（だっ、だめぇ……っ！　こんな知らない人の前でイッちゃうなんてぇ……！）

「っくうう……っ……！」

びくん、と一瞬美夜の身体が小さく跳ねて、笑顔のままで、くたっと紘子に身体をあずけた。

「ごめんね。そろそろ私たち、待ち合わせの時間なんで」

「えっ？　あ、ああ……悪《わり》ぃ……」

今まで会話に参加していなかった紘子が、少し悪そうな笑みを浮かべると、男たちはその迫力に呑まれて、思わず引き下がってしまった。

「行きましょう」

「ふぁ、ふぁい……」

美夜はどうにか返事をすると、紘子に助けられて立ち上がった……。

「よかったわね……男がみんな、美夜のことを眼で追ってる」

「んっ、はぁっ……あぁ………」

それから美夜は紘子に連れられて、街を歩き回った——自分たちが男にどう見えているのかを熟知している紘子と、胎《はら》にローターを抱えて恥ずかしそうにしている清純な美夜という組み合わせだ。行く先々で男たちの視線をさらい、そのたびに恥辱と陶酔、それに伴った快楽が美夜の身体を見舞っていく。

「ごめんなさい。ちょっとやりすぎたかしら？」

最後に紘子は、近くにある人気の少ない公園へとふらふらになった美夜を連れていくと、ベンチで休ませた。

「はい……もう、思い返しても心臓がひっくり返っちゃいそうです……んっ」

言いながら美夜は、紘子にしがみついたまま、身体をぴくりと震わせた。振動の強さはもう下げたが、その体内ではまだローターが震え続けている。

「……けど、うれし、かった……です」

かなり恥ずかしい目に遭ったはずだが、それでも頬に血色を上らせたままで、美夜はそんな言葉をつぶやいた。

「私、自分がこんなに『女の子』なんだって……そんなふうに実感できたの、初めて、だったから……」

「美夜……」

紘子はその言葉に驚いたのか、しばらく呆けたように美夜を眺めていたが、ふっと優しい表情を見せると、そっと美夜の頬をなでた。

「……よかったわね。自分が男の足を止められるくらいの美人だってことがわかって」

「でも、半分以上は紘子さんが一緒にいたからだって思います……」

「そうね。けど、声をかけられたのはあなただわ……でしょう?」

「ああ、はい……」

紘子の自信に満ちた言葉に、美夜は頬を染める――『紘平』は、客観的に紘子が、そして美夜が美人になっているということを知っている。そんな過剰な自信が、今は美夜に勇気を与える力になるのだろう。

「けど、まだちゃんとイケてないわよね? じゃあ最後に、すごく気持ちのいいことをしましょうか……」

美夜は衆人環視の前で何度も絶頂しかけたが、生来の引っこみ思案もあってか、自分で快楽を押しこめている節があった。それは美夜自身にも解き放てない、性格の鎖――といったものなのかも知れない。

「何を、するの……?」

紘子は何も言わずに美夜の手を取ると、公園のさらに奥へと足を踏み入れていく。

「……美夜は知らないでしょうけれど、ここは青姦とか、露出プレイでよく使われている場所なの。緑が多くて、道から見えないところがたくさんあるでしょう?」

「青っ……!? あの、まさか……」

「ここで、図書室の続きをしましょうか」

「…………!!」

そう言われて、美夜は目を見開いた……どくん! と心臓が一度だけ大きく脈打つと、やがて耳の後ろが熱くなり、鼓動が早鐘を打ち始める。

「どう?」

「…………はい」

目を潤ませて美夜はそう答えた。それは、蠱惑《こわく》が恐怖に勝った瞬間だった。


「あれっ、みゃーとコーヘイは?」

「そういえば、いつの間にかいなくなってしまったな」

撮影をしている間に、二人がいなくなってしまった。美夜が何かそういう行動を起こす性格とは思えないので、何かするとしたら紘平だろう。エルはそう考えた。

「あの、ブチョウさん……コーヘイって、どういうひとなんデス?」

そんなあけすけな質問に桂は面食らうが、しばらくしてから口を開いた。

「……人間不信の色魔？」

「えー……その表現はイカガなものかと思うのデスが」

「顔がいいからやたらともてる。女はとっかえひっかえだ。だが、恋人ができたとか、そういう女とどこかに遊びに行ったとか、そういう話はほぼほぼ聞かないんだ」

「あー……」

予想を超えた答に、エルはひっくり返りそうになったが、気を取り直した。

「も、もうちょっと詳細な話が聞けると、嬉しいのデスが……」

「詳細か……といっても、私も聞きかじりだからな」

そう言って、桂はもう少しだけ、紘平の身の回りの話をしてくれた。

「金持ちの家の息子なんだよ……ただ、あんまり昔から幸せそうじゃなかったが」

子どもの頃から、不思議な力というか、変わった特技を持っていて、それが不幸の原因なんじゃないか――そう桂は語った。

「変わった特技……？」

「どう言えばいいかな……読心というか、やたら勘がよくてね。ひとの考えていることをよく読むことがある」

「ああ、そういえば確かに……！」

口に出していないのに考えていることを前提に話が進んだり、言う前から答を知っていたり……そういうところは確かにあるようだ。

「そのせいで、あいつは家族と仲がよくない……あと、友だちができないな。きっと不気味だと思われるからだろうが。そこに来て男だか女だかわからん容姿と来れば、これは三重苦と言っても過言じゃないだろう」

「いや、それはちょっと……関係ないというか！　でも、そうですか」

聞けば聞くほど、わからなくなっていく——エルにはそんなふうに思えた。

「ブチョウさん、ちなみに、コーヘイたちがどこに行ったのかとかは……」

「私が知るわけがないだろう」

「……デスよねー」

（きっと、何か面白いことをしているはずデス……エルもこれだけヒドイ目に遭ったんですし、もう少し話の核心に近づきたいのデスが……そうだ！）

エルはスマホを取り出した。こんな時のための用意があることを思い出したからだ。

（フフフ、そうそうコーヘイの思い通りにはさせないデスよ……）

エルはにやりと笑うと、写真部の部室を飛び出していった……。

桂の事情

「やれやれ……珍しく他人と関わったと思ったら、とんだ大騒ぎだな」

エルちゃんは何か思いついたのか、ばたばたと部室を出ていく——確か私たちは彼女を脅迫していたはずだけど、本人がもうすっかり忘れている感じのようだ。

「まあ正直助かるけど……片付けるか」

ひとつため息をついてから、撮影セットの片付けを始める。正直、そこまでが部の活動だと思って欲しいところなんだけど。

「……いや、あの子たちは部員じゃなかったな」

見目のいい被写体が増えるのは嬉しいことだ。撮影の欲求に耐えうる素材がなくて、紘平を女装させたりもしたわけだけれど……まさかこんなことになるなんて。

エルちゃんも美夜さんも、紘平のことを気にしていた。もっとも、美夜さんは紘子が女装した紘平だとは知らないようだけれど——それは今まで紘平が付き合ってきた女子たちのように、顔につられて、というわけではないようだ。

「多少、それで紘平に人間らしさが戻ってくるなら、まあ結構なことだけど。いつまでも、私だけが友人というのも、紘平にとってはいいことではないだろうからな」

紘平も、昔は近所の子どもと遊ぶような、普通の子どもだった……私も、紘平も当時はそういう輪の中にちゃんといた。だがいつの間にか、紘平はその輪の外に行ってしまった。どんどんとふさぎがちの子どもになっていった。

紘平が言うには、母親が原因らしかったが……気づけば、バケモノのような存在になってしまっていた。

遍歴を重ねて、いろんな女たちを手玉に取って――それでも、母親には嫌われるんだ、と一度苦笑いをしながらつぶやいたことがあったけど。正直、その言葉を聞いた時は胸が痛んだ。

私までが身体を許してしまったら、紘平は拠りどころを失ってしまうんじゃないか……そんなふうに思えて、かたくなにノーマルのセックスだけは拒んできたけれど。

「確かに女にだらしないし、不自由はしていないだろう……けど、それをあんまり心から楽しめていないことも、顔を見ればなんとなくはわかるんだよ。紘平」

だけど、これで変わるかも知れない。あの二人は予兆だ――そんな感じがする。

「とはいえ、やっぱりお前に処女をくれてやるつもりはないけどね」

撮影セットをすべて元の場所へと片付けると、それに満足してから、私は部室を出て、扉の鍵を閉めた。

†

「じゃあ、ゆっくりと服を——ジャケットのボタンから」

「っ……はっ、はぁっ、はぁっ……」

美夜は紘子に手を引かれて林の奥へ入りこむと、まずはゆっくりと服を脱ぐように指示される。

心臓は耳元でがなるように早鐘を打ち、息もすっかりと熱くなってしまっていた。

「ブラウスのボタン、全部外して」

「は、い……」

ジャケットの前を開くと、次はブラウス——ボタンを、ひとつひとつ外していく。

「んっ、く……はぁ……」

服の前を開き、晩夏の空気がじかに肌に触れると、さらに体温が上がっていくような感覚に襲われる。もう夏も終わりに差しかかっているけれど、不思議と寒さを感じなかった。恥ずかしさで身体が熱くなっている。

「ここでやめれば、いつもの毎日に戻れる……そう、思わない？」

「っ……！」

そんな気持ちになっているところへ、紘子からそんな言葉を投げられる——けれど美夜は、不思議と引き返そうとか、そういう気持ちにはならなかった。

「ううん、紘子さんが……見ていてくれるなら、私」

美夜にとってそれは、いやらしいことというよりも、自分を変える機会だった……だから、紘子が差し伸べてくれたその手を離したくはなかった。

——たとえそれが、いっときの熱にうかされているのだとしても。

「じゃあ……ジャケットはそのままにして、スカート、脱いじゃおうか」

「!!………は、はい……」

微笑んだままで発せられるその命令に、美夜は心臓をわしづかみにされた。

「あ……あぁ……」

スカートのホックに手を伸ばす……その手が、小さく小刻みに震えていた。

初めての体験だった。遮蔽物のない場所で服を脱ぐことが、こんなふうに恐れと、恥ずかしさと……それから昂奮を呼ぶなんて、美夜は全然知らなかった。いや、知らなくていいことなのかも知れなかった。

「ん……っ」

しゅるっ、とスカートを落とすと、夜気に下半身がさらされる……スカートひとつで、自分がさまざまなものから護られていた。美夜は、そんなことを初めて気づかされていた。

「……いい眺めね、美夜」

「は、恥ずかしい……です……」

血色の昇りきった表情で、上目遣いに紘子を見つめる……その様子は、可憐で、そして淫靡だった。

「じゃあ、あなたのオナニーを、私に見せてくれる？」

「ふぁ……っ！」

言うなり、手に持っていたコントローラーをひねる。美夜の膣内から、くぐもった振動音が響き始める――眠っていたローターが、美夜を悦楽へと引き戻そうとする。

「んっ……は、あっ……」

街中を歩き回っていた時から、パンティは沁み出す愛液を受けてしとどに濡れている。指を充てると、くちゅりと粘質な音が立った。

「あっ……んっ、はっ、ふぁぁ……♥」

紘子は目を逸らさない。少し意地の悪そうな表情で笑み、美夜を見つめている。

「あ、あぁ……気持ちよくなっちゃいます……こんなに、恥ずかしいことしてるのにい……♥」

熱い吐息が洩れる。指が脚の付け根に吸いこまれ、やや姿勢が前屈みになる……きゅっと両の腿で手を挟みこみ、くちゅくちゅと絶え間ない音と快感に震えた。

「くぅん……っ！　ふぁ、はぁ……なんだか、ぼーっと、してきましたぁ……♥」

口角には喜色が浮かび上がり、無我夢中でクロッチの上を指でこすり上げ続けた……やがて、もう片方の手が自然とブラウスの中へと伸び、すっかりと尖りきった乳首を手のひらに包みこんだ。

「ふぁ、あ、あぁ……やぁ……♥　も、立って、られなく……んん……っ！」

刺激を羞恥が裏打ちして、快感が増大する。膝ががくがくと震えだして、身体の力が抜けかけているのがわかる。

「……そろそろイキそう？」

「は、はいぃ……♥」

「そう……なら、木を背にして屈んでもいいわ。ただし」

「ただし……？」

美夜は聞き返す。いや、本当は聞く前から答はわかっていたけれど。

「――パンティを下ろして、脚を開くの」

「ふあっ……ぁ……！」

ドクン……！　美夜の心臓が、一度だけ強く打ち、血の流れる音が首の後ろでうるさくがなる。

わかっていたことなのに、それでも聞いた瞬間、美夜の心臓は裏返りそうになった……危うく、その一言で絶頂してしまうほどだった。

「わ、かり……ましたぁ……♥」

美夜が微笑む……それは、服従の証なのだろうか。紘子になら、すべてをさらけ出せる。そんな信頼の表れなのかも知れない。

「んっ……は……ぁ……♥」

ゆっくりと尻を後ろに突き出して、両端をつかむと——息を止めるように、ぐっと思いきってパンティを引き下ろしていく。クロッチが陰唇と離れるすき間に、にちゃっと粘っこい音とともに、二筋ほど愛液が銀の糸を引いた。

そのまま、ゆっくりと屈みこんで、背中を公園の木に寄りかからせる。

「美夜、大丈夫……？」

「はい……見ていて、下さい……ね……？」

美夜は一度だけ深く呼吸すると、泣きそうな表情でぐぐっと脚を左右に開いていく。

ほんの一瞬、しとどに濡れた茂みから湯気が上がったようにも見えた。

「は……ぁ……っ、はぁ……っ♥　はーっ、はーっ……♥」

腰を突き出し、ぱっくりと両脚を開いて、茂みの下にある薄桃色の秘肉を、紘子に向かってぐいっと突き出して見せた……！

「紘子さん……はぁっ、はぁっ……い、イカせてぇ……♥」

指で陰唇を左右に割り開くと、潜りこんだローターを穴の奥から覗かせて、美夜がねだって見せる。

「……よくできました」

紘子が優しく微笑んで、コントローラーを持った手を掲げようとしたその瞬間、近くの草むらがガサガサっと音を立てる。

「見つけました！　みゃー！」

「えっ、エル……っ!?」

──一瞬、空気が凍りついた。

バサァッと、騒がしく下草を蹴立てて、なぜかエルがそこに現れたからだった。

「あ……れ……？」

飛び出してきたエルが、状況に違和感を覚え、その意味を理解した瞬間だった。

「あっ、うぁあぁあああ……っ!!」

次の瞬間、昂ぶっていた美夜の感情と快楽がすべてほとばしった……！　おしっこを噴き出しながら身体を痙攣させると、ローターを膣から勢いよく飛ばして絶頂を迎えてしまった。

「みゃー…………！」

「あ、うっ……あ、あぁ……う、ぁ…………」

恐らくは、もっとも見られたくない姿を親友に目撃されたからだろう。美夜はそのまま昏倒する……下半身をがくがくと震わせたままで失神してしまった。

「…………やれやれ、イケたのはよかったけど」

その様子を見届けて、紘子――いや、紘平は肩をすくめた。

「あの……もしかして、エルってば何かしちゃいましたか……」

絶頂する前の、絶望した美夜の表情――さすがにエルも何か悪いことをしてしまったのではないかと思ったようだ。

「多分、一番見られたくないところを、エルが見ちゃったんじゃないかな……それにしても、よくこんなところにいるのがわかったね」

粗相した場所から抱きかかえて遠くに降ろすと、紘平は美夜の脱ぎ散らかした服を着せてやる。エルは片手に持っていたスマホをポケットにしまいこんだ。

「その、みゃーはエルと、チャットソフトでGPSの現在位置を報せ合ってるから……」

「なるほどね。ハイテクが裏目に出たってわけだ」

「だって、撮影の途中で二人ともいなくなっちゃうから……何か、きっと面白いことをしてるんだろうなって、思って……」

エルは、紘平から怒気を感じていた……邪魔をしてしまったということなのだろう。

けれど、どう謝ればいいのかわからなかった。

「ま、とりあえず、俺の楽しみを邪魔してくれたことについては、ちょっと罰を受けてもらおうかな」

紘平は女性のメイクのままで、凄みのある笑みでエルに笑いかけた……。


「きゃ……っ!! ごめんデス、コーヘイ、許してくださぃ……ぃ! ああん、こんなのあんまりデスぅ……!」

「静かにして、ここは男子トイレだよ」

「うう……っ」

エルは、紘平に公園内の男子トイレに連れこまれた。個室に押しこまれると裸に剝かれたあげく、どこから用意してきたのか、手には手錠《ハンドカフ》、ダクトテープで足をデッキブラシに固定して閉じないようにして、洋式便器の蓋の上へと座らせた。

「……エルにも、美夜みたいに気持ちよくなってもらうよ。ただし、罰ゲームだからちょっとハードめにね」

「んっ! んんっ! んっ! ふぅぅ……!!」

不安そうなエルに猿《ギャ》ぐつわ《グ》を噛ませると、紘平は剝き出しになったエルの陰唇を開いて軽くクンニする。道具はすべて、美夜に使うことがあるかもと紘平が忍ばせていたものだ。

「エルもまだ処女か……かわいい膜が見えるな」

そう言って、エルの膣へとローターを押しこんでいく。

「んんんんーーっ！」

異物感にエルが苦鳴を上げる。電源はすでに入っており、エルの恐怖を無視して、ぶるぶるると振動し続けている。

「右足の先だけ自由にしておくから、俺が出たら自分でドアにロックして……そうしないと、誰か入ってくるかも知れない」

「んんっ！　んんうぅ！」

エルは首を振っていやいやをするが、紘平は聞き入れなかった。

「ドアには使用中止の紙を貼っておくから平気だと思うけど、もしかしたらローターの音が外に洩れるかも知れない。誰かが入ってきたら下腹に力を入れて、音を抑えた方がいいかもね」

そう言い残し、紘平は個室を出る。このままだと外からドアが開いてしまう――エルは必死に右足を伸ばして、中からロックをかけた。

「よくできました……じゃあ、しばらくしたら迎えに来るからね」

「んんんん……！　んうう……っ！」

（そんな！　コワイよぉ……！）

どうにか不安を伝えようとしたエルだったけど、紘平はもうトイレから出ていってしまったようだった。

「んっ……んう……っ」

そうして静かになってみると、確かにローターの振動音が気になり始める。他には音なんてしていないのだから、それは当然と言えば当然だ。自分のお腹のなかから、ブブブという鈍い振動音が洩れている。

（これ……ほ、ほんとに外に音が聞こえちゃうんじゃ……）

そう思っているうちに、足音がして人が入ってくる気配を感じる。エルは言われた通りに、下腹に力をかけてみる。

（あっ、ホントデス！　音が小さくなって……）

膣が締めつけられて、ローターの振動が抑えつけられて、音が小さくなった……だが。

「っ!?　んうぅ……っ!?」

（こっ、これ、だめぇ……っ!!）

確かに音は小さくなる。だが膣圧でローターの振動を無理やりに抑えこんだ分、その刺激はダイレクトに身体へと伝わった！

「っ！　………っっ!!」

外の誰かがいなくなるまで、快感に耐えながらエルは身体を引きつらせて待った
……もし気づかれれば、ドアに向かって脚を思いきり開き、秘部をさらしている状態だ。無事でいられるとは思えない。

（はっ、早く……早く出てってぇ……!!）

意識を下腹部に集中すればするほど、快感が強くなる。けれど振動音を聞かれてしまったら……そう思うと締めつけを緩めることもできなくて。

「んうぅ……んっ、ううっ……」

エルはギャグを噛んで声を殺して、ただただ利用者が出ていくのを待った。

（い……行った？　行ったの……？）

ようやく力を抜くエルだったが、それに合わせて大量の愛液が膣口から沁み出して、尻を伝って便座へと流れ落ちる。

紘平が戻ってくるまで、いったい何度、これを繰り返さなければいけないのか……

そう思うと、エルは恍惚とした絶望に包まれていた。

「大分、予定が狂ったな……」

エルの乱入で美夜が気を失ってしまった。いつ目が醒めるかわからないので、紘平

は美夜を抱いてタクシーに乗り、自宅に連れ帰ることにした。

公園は紘平の住まいの近くにあって、その点はよかったのだが……。

「んっ、んんっ……」

抱きかかえて自室に運び、ベッドに横たえたところで、ようやく気がついたのか、小さなうめきを上げた。

「………大丈夫?」

「ん……ひろこさん、だい……すき……ぃ」

意識が戻りかけでもうろうとしているのか、紘平の呼びかけに寝言のようにそうつぶやいた。

「……やれやれ、ですね」

美夜に聞こえるのをはばかってか、紘平は女言葉でそうつぶやくと、どうやら眠ってしまったらしい美夜の、顔にかかったほつれ髪を直してやった。

このまま起きないなら、終電には間に合わないだろう——美夜のことはこのまま眠らせておくことにして、紘平はエルの様子を見に、公園へと戻ることにした。

深夜になって、人気もない公園のトイレに戻る——誰もいないのを確かめて、小さく扉をノックする。

「……気分はどう?」

そう声をかけると、しばらくしてパチリ、とドアのロックが外れた。

「んっ……うぅ……んっ、ふぅぅ……ん、ぉ………」

ドアを開けたそこには、意識を飛ばしかけて乱れるエルの姿があった。

「すごいな。めちゃめちゃ気持ちよかったみたいだね……お疲れさま」

優しく頬をなでてから猿《ギャグ》ぐつわを外してやると、エルが嬉しそうに、深く息をついた。

「コーヘイ、エルがんばった、デス……♥　なんども、なんろもぉ、アクメしれぇ……あらま、まっしろれ……あうぅ……♥」

言葉を発しながらも、身体を震わせ――そのたびに膣口からぷしゅっ、ぷしゅっと潮を噴いていた。

「……気持ちよかった?」

「あいぃ、すっごく……れも、じんじん、じわじわするだけれぇ……すっごくせつないのぉ……コーヘイ……♥」

言っている意味はすぐにわかった。ローターの刺激だけでは、これだけイッても物足りないということだろう。

「気持ちはわかるけど。こんな場所で処女喪失っていうのもどうなんだろうね……そ

うだ」

苦笑しながら紘平は、エルが噴いた愛液で、秘裂どころかお尻の穴までどろどろになっていることに気がついた——脚をデッキブラシに固定していたダクトテープを外すと、便座の上でエルをそのまま裏返した。

「ひゃあ、な、なにするデスかコーヘイ……ひううっ!?」

紘平はエルの言葉を待たず、愛液でてらてらに濡れているエルのアヌスへとずぶずぶと指を突き入れた。

「あ……あ、あ、あ、あぁ……ぉ…………!」

エルは目を見開いて、予想外の場所への突然の異物侵入に、身体をびりびりと痙攣させた。

「お、おしりぃぃ……あ、あなぁぁぁ………♥」

エルのヒップラインは、日本人らしからぬ体型をしている。尻が高くて引き締まっていた。今みたいにわんわんポーズで突き出すような体勢になると、尻がくっきりと強調される。

「いいね。愛液が潤滑剤になって、簡単に入っちゃった」

「う、あぁ……コーヘイ、お尻なんてぇ……ひ、ひどいデスぅ……♥」

「そうかな？　俺にはエルが気持ちよさそうに見えるんだけど……気のせいかな」

「そんなわけな……ひゃうっ！　あっ、やっ、やっ……あひゃあぁぁぁ……♥」

エルの返事を待たずに、ずぽずぽと指を尻穴に抜き挿ししていく……抵抗しながらも、徐々に声が甘くなっていくのを紘平は聞き逃さなかった。

「あっ、あ、あ、あ……っ、ああ……♥　あーっ、ああーーっ……♥」

指を一本から二本へと増やすと、それすらぐっぽりとアヌスに受け容れ、エルの嬌声は徐々にキレがなくて、長く伸びる音へと変わっていく。

「んっ、ふうっ、ふっ、はぁっ……あぁあ……♥　ひ、拡がっちゃいます……エルのお尻の穴ぁ……♥　ずぽずぽにぃぃ……♥」

「……エルにはお尻でする才能があるね。このまま初体験しちゃおうか」

「そ、そんにゃぁぁ……今、お尻なんてされたらぁ……♥」

「処女のまま、お尻の穴で絶頂《アクメ》しちゃう変態美少女の出来上がりだね……」

耳元でそんな言葉をささやかれて、エルは気持ちと裏腹にゾクゾクしてしまう……他の誰でもない、自分がそんな『変態』になってしまうことに、恐れよりも期待の方があふれ出してしまった。

「あ……あぁ……」

「おねだり……してみて？」

紘平の言葉に、恥じらいと期待に頬を染めると、エルは自分からお尻をゆっくりと

突き出して、かわいらしいアヌスをさらしながら、

「してぇ……してくらさい♥　エルをぉ……処女のまんま、アヌスで絶頂《アクメ》する……変態びしょうじょにしてくらひゃぁ………あぎゅううぅ……!!」

その言葉を言い終わる前に、紘平の剛直が、ずぶりとエルの尻穴をえぐり抜いた！

「うぁ、うぁぁ……！　しゅっごくかたくてぇ、ふといおちん×んきたよぉ……！　らめぇ♥　こ、こんにゃのぉ、おしりのあながこわれひゃううぅ……!!」

押しこまれた衝撃に、目を見開いてエルが嬌声を上げる。しかしそれにかまわず、紘平はそのまま一息に、根元までペニスを腸内へと突き入れていく。

「っ……ああ、締まる……すっごい気持ちいい、エルのお尻。ぎゅうぎゅうに締めつけてくる……奥もふわふわであったかいね」

エルの耳の後ろから、うなじにかけてゆっくりと紘平の手がなで下ろされると、半狂乱だったエルの表情に、牝の悦びが加わったかのような、とろりとした笑顔に変わっていく。

「ふぁぁ……すっごい、すっごい奥までぇ、奥までおちん×ん来ちゃうよぉ……♥」

「……苦しくない？」

「んっ、だいじょおぶ……♥　おなかのなか、ぱんぱんれぇ……すっごい、満たされてるかんじ、してるぅ……はっ、はぁぁ……♥」

手錠のかかった両手がふるふると震えて、快感にわなないている。いきなり腸内に押し入ってきた異物にとまどいながらも、気持ちよさに後押しされて、身体がそれに順応しようとしているのだろう。

「そっか……でも、どっちが気に入るかな……？」

「えっ……あっ！　あ、あぁ……♥　うっ、くうぅ……っ、なに、こえぇ……ひきずり、だされひゃぁ……あ！　ああ……っ！」

今度はゆっくりと、ペニスを引き抜いていく——本来、アヌスは押しこまれるよりも、引き抜かれる方が快感を得やすい器官だ。それは当然エルにとっても。

「やっ、やらぁ……こんなの、ぉ……♥　はずかしぃ、よぉ……♥　あ、あぁ……れ、れもぉ……♥」

無理やりに排泄を促されるような気持ちよさに、エルの全身に鳥肌が立つ。自分が粗相をしたんじゃないかという不安と恥辱が、さらに肉体の快楽を敏感にし、その効果を倍増していく。

「どう？　突くのと抜くの、どっちが気持ちいい……？」

身体をゾクゾクさせながら快感に打ち震えるエル、その背中をゆっくりと手のひらでなでながら、紘平が尋ねる。

「どぉ……ろっちもしゅきぃ……♥　はっ、はぁっ、はぁっ……はぁぁ……♥」

荒い呼吸に唇を開き、舌先からよだれを垂らしたままで、エルは快楽を享受している。焦点がぼやけ、その瞳には明暗以外は何も映してはいない。

「……エルは、アナルセックスと相性がいいみたいだな……！」

「んっ、ぐぅぅ……ぉぉ、あぁぁ………‼」

ようやく身体の震えが収まってきたところへ、紘平は追撃をかけていく。ゆったりとしたストロークで、ペニスを根元まで埋めこんでいき、腸壁の向こうにある子宮を責めるようにこすりつけ、雁首の辺りまで引き抜いてゆく。

「あっ、あーっ♥　ぉ、あぁ、あーっ、あーーっ……♥」

じわじわと責めたてられて、エルの理性が陽なたのバターのようにじんわりと溶けていく……だらしなくあごが緩むと、幸せそうに垂れ流すような嬌声を洩らし始める。

ペニスが抜けかけるたびに、鈴口とアヌスの隙間から空気が洩れて、ぶぽっ、ぶぽっと淫猥な音が個室に響き渡る――それが、惚けたままのエルに羞恥となって伝わり、紘平のペニスを包んでいた腸壁がきゅっと締まった。

「ふふっ……恥ずかしい？」

「ふあ……っ、だ、らってぇ……すっごく、やらしいおとぉ……♥　きゃううっ！」

その言葉に応えて、紘平は抜き挿しの速度を上げる。すると、エルの気持ちとは裏腹に、締め上げるアヌスを無理やりピストンするせいで、ぷすっ、ぷすっ、といやらしく空気が攪拌《かくはん》する音が立ってしまう。

「やぁ……コーヘイ、いじわるれすぅぅ……！　ふぁ、あっ、ああーーっ……♥」

気持ちよさと恥ずかしさで、エルはぐいぐいと快楽の階梯を昇りつめていく……ここまで我慢していた紘平も、そろそろ自分にとっての気持ちよさが欲しくなってきた頃合いだった。

「ごめんエル……そろそろ、俺も気持ちよくなりたい……いいかな？」

「んっ、ふぁい……♥　ろぉぞ、コーヘイのぉ、きもちぃぃぃようにぃ……♥」

幸せそうに緩ませた表情のまま、エルが責めを待ち受けるように、下がりかけた尻を、穴をうがちやすいようにと突き出してくる。

「ん、じゃあ……！」

そんなエルの腰をがっちりと押さえて、紘平は背中に溜まりきった射精欲をすべて吐き出すべく、思いっきりエルの尻穴に突き入れた……！

「んお……っ！　おっ、あおぉぉ……っ……♥」

乱暴に、紘平が気持ちよくなるように、自分勝手にガンガンとエルの尻穴をえぐり、突き、こすり上げていく。

「おぉぉぉ……っ！　ほぉ……っ♥　こわ、れりゅぅ……っ♥　おひり、こわれひゃううう……っ!!」

襲いかかる快楽に、エルの眼球が視界を放棄して、ややもすると気絶しそうなくらいに身体を震わせる。尻穴の力はすっかりと抜けて、もはや紘平の暴虐を快楽に変えるべく、控えめに腸壁で包みこみ、締めつけ、こすり上げた。

「ふぁぁぁぁ……♥　これ、らめっ、あっ、あっあっあっ、こんなふうにされたら、おぼえひゃう……♥　お尻のあにゃがぁ、きもひいいのおぼえひゃうぅ……っ!!」

がすがすといきり立った紘平のペニスがエルの尻穴を何度もうがち、突き入れ、蹂躙していく……もはやエルは、その乱暴な快楽に身を任せるしかなすすべがなかった。

「あぐぅ……っ！　あっ、あっあっあっ、コーヘイ、こーへぇぇぇ……っ！」

エルが紘平の名を呼ぶと、紘平もエルの腰をつかむ手に力が入った。

「っ、ああ……エル、出すよ、腸内《なか》に、思いっきり……！」

「ひゃい、きれぇ、きれくらひゃい……っ……！　あ、あーっ、あーーっ！」

エルは紘平のペニスを逃がすまいと、ぎゅっと括約筋を締めつけ、それが紘平の忍耐を崩壊させる……負けじと締めつけるアヌスをこすり上げる！

「ぐ、ぁぁああ………っ!!」

「あ、ううっ、あぅぁあぁぁあぁぁーー………っ!!」

紘平の白濁はびゅるっと勢いよく噴き出すと、エルの腸内にどぷどぷと大量に注ぎこまれる。

「はぁぁ……♥　はいっれくりゅう……える、こーへいにしぇーえきかんちょーされひゃっれるぅ……♥」

腸の奥へと大量の精液を吐き出されながら、エルは恍惚とした表情でそれを受け容れた。桂の行為をのぞき見た時に覚えたのか、いやらしい言葉が口からこぼれ出していた。

「ああ、エルの腸内《なか》、気持ちいいな……すごい出てる……！」

紘平はエルの尻を抱えて、背中を震わせる……そのたびに、精液がエルの中へと流しこまれていく。

「ふぁぁ……♥　こんにゃの、はじめりぇ……しゃあわせ、にゃのぉ……♥」

紘平の精液浣腸を尻穴に受けながら、エルは絶頂で力が抜ける――ゆっくりと紘平がペニスを引き抜くと、ぽっかりとエルの尻穴は開いたまま、いやらしくうごめくと、どぷどぷと白濁液を吐き出した……。

「あうぅ……エル、お尻の穴がまだじんじんします……」

「そっか。ちょっと無理しすぎたかもな」

「ううん！　あの、チョット怖かったデスけど……気持ちよかったデス。わたし、自分の中に、あんなふうにされたい気持ちがあったなんて、知らなかったのデス……」

事が済むと、そろそろ始発の動き出す時間になっていた。エルを駅まで送っていくために二人でのんびりと明け方の街を歩いていた。

「コーヘイ、不思議な人デスね。すごく悪人さんっぽいのに……あんまりコワイ感じじゃないデス」

「それはどっちかというと、エルが不思議なんだろ……男子トイレに裸で閉じこめられて怖くないって言われる方がどうかしてる」

「あは、あはは……そうデスね。でも、余計なことしてコーヘイ怒らせちゃったの、わたしデスから。ホントなら、写真使って脅されたりしちゃうかもなのに、コーヘイ、そんなことしなかったデスし、こんなふうに迎えにきてもくれましたし、き、気持ちよくもしてくれましたし……」

エルは顔を赤くした。それを見て紘平は苦笑する。

「ああ……ま、だまされてるくらいお馬鹿な方が、頭のいい女の子よりは幸せになるってことはあるかもね」

「むー。そんな言い方しかできないデスか、コーヘイは」

「わかったわかった。悪かった……」

今度は頬をふくらませる。だが実際、やってしまったことをその程度のフォローで許されるなら実際楽なものだろうと、紘平はそうも思うのだった。

「ふぅ…………」

紘平がエルを駅に送って自宅に戻ると、美夜の姿は部屋になかった。

一瞬、何か起きたのかと考えたが、キッチンに自分が用意したものではない料理と、普段あまり使わない鍋が出ているのを見て合点がいった。テーブルの上には置き手紙が残されている。

『始発の時間なので帰ります。泊めて下さってありがとうございます』

――そう、書かれていた。

「マメだね、美夜さんは……」

紘平はつぶやいて、肩をすくめる。

コンロの上にかかったままの鍋はまだほんのりと温かくて、蓋を開けると、中には野菜スープが入っていた。その優しい匂いをかぐと、がぜん腹が減ってくる――そういえば、ゆうべは夕食を摂っていなかった。

とりあえず、ありがたく朝食をいただくことにして、紘平は鍋を火にかけた。

エルの事情

（ううっ、まだお尻がじんじんします……）

紘平に見送られて、わたしは動き出した始発に乗りこんだ。早朝の澄んだ空気と、みんなまだ眠そうな、まばらなお客さんたち。

そんな中、わたしだけがついさっきまで、いやらしくお尻の穴におちん×んをくわえこんでたんだ……身体のうずきに、ついそんなふうに意識させられてしまう。

「ううっ、ダメダメ……！」

思わず頭を振ってしまう、けど。

（コーヘイ、不思議な人……デス）

すごく悪い人にも思えるし、ちょっといたずらっ子みたいな感じもして……でも、優しくて、でも、そっけなくて。それから、ちょっとだけ淋しそうで。

クラスの男の子たちとは違う。ギラギラもどぎまぎもしてない。ホントに不思議な人だと思う。

（コーヘイはわたしを叱ったりしなかったデス。でも、コーヘイのいろんな言葉が、今までで一番、ココロに刺さってるデスよ……）

窓の外を、街並みが流れていく……高架の下に垣間見える、豆粒みたいな人たちの生活が、今はすごく気になっていた。いつもは人混みであふれていて、そこに住んでいる人たちの姿なんてわからないけれど、今の時間は違っていた。街角の掃除をしたり、ゴミを出したりしているのを見ていると、不思議と優しい気持ちがあふれてくる。

――わたしは、やっと英語を話せるようになった頃、この日本にやって来た。

だから、わたしはずっと拗ねていたところがあったと思う。どうしてこんな目に遭うんだろうって。まったく言葉が通じなくて、知ってる人が誰もいなくて、すごく寂しくて……そんな時に、迷子になったわたしを助けたのがみゃーだった。

それからわたしは、ずっとみゃーにべったりだった。何度も困らせたけど、わたしが泣きそうな顔をすると、みゃーはちょっとだけ困った顔をして、笑って許してくれた。

わかってたんだと思う……気づけばいつの間にか、わたしはみゃーの優しさを利用して、振り回してたんだってコト。いきなり知らない国に連れてこられて。だから、それくらいわたしには許されるんだって……ココロのどこかで思ってたんじゃないかって、今は思う。

いつの間にか、それが当たり前になってて……でも、それはみゃーが我慢してくれてたから許されてたんだってコト、コーヘイが教えてくれた。もし、コーヘイに言われなかったら、わたしはみゃーの、あの寂しそうな笑顔の理由に気づくことは、きっとできなかった。

（みゃーのこと、大好きなクセに、勝手に優しいんだって誤解して……エルはダメな子デスね）

みゃーは、わたしのこと……許してくれるかな？　でも、わたしはみゃーがきっと一番見られたくないと思ってるところを、見ちゃいましたから……。

「……でも、すっごいやらしかった、デス」

いつも、ふわふわでにこにこしてた……そんなみゃーが、あんないやらしい顔をするなんて。

（ああ……思い出すと、また濡れてきちゃうデス……ダメ……！）

頭をもう一度横に振って、早く電車が駅に着かないかなって、そんなことを考えながら、わたしは一生懸命、気持ちをそこから逸らそうとしていた……。

本当の紘子
〜だました？　だましてない？　美夜とエルの終わらない夜〜

「何なのお前は……本当に気持ち悪いわね」

――ごめんなさい、かあさん。もっと、がんばりますから。

「近寄らないで。薄気味悪いったら」

――どうしてですか、何がいけないのですか。

「なんでお前みたいなのが、あたしの子どもなの……！」

「っ……!!」

夢の中でののしる、母の言葉――それで、紘平は目を覚ました。

「やれやれ……ここんトコ、あの夢は見なかったのに。久しぶりだな」

それは、昔よく見た実母の夢だった。

もっとも、紘平の母親は健在だ……いや、健在だからこそ一層の重さがある夢なのかも知れないが。

紘平は、母親に好かれなかった。正確には、息子であることを拒否された。

——彼は、わかりすぎた。

子どもとして親に応えようとして、その持てる洞察力のすべてを両親の分析に使ってしまった。それが、子どもは無邪気なものという親の望みを打ち砕いてしまったのだ。

それ以来、紘平はずっとひとりで暮らしてきた。ひとを信じることなく……。

「それにしても、どうして今頃そんな夢を……」

——いや、本当はわかっていた。美夜についた『紘子』という嘘のせいだ。

「今までだって、そんなのはいくつもあったじゃない……」

そう思いながら、あんな素朴な子に嘘をついたことはない——そんなことを考える紘平だった……。


「はあ……えへへ、あは……」

それから三日が経った。週が明けて月曜、美夜もようやく現実に戻ってきた。

狐につままれたような一夜だったけれど、週末を挟んで、その実感が今頃になって湧いてきていた——土日は何も手につかず、ずっとぼうっとしてしまっていたのだった。

目覚めて紘子の部屋だった瞬間は驚いたが、一度ぼんやり目を醒ました時、眠っている自分の頬をなでてくれていたのを覚えていたから、起きた時にも困惑はなかった。

つい通い妻気取りで朝食を用意して帰ってしまったけれど、考えてみたら余計なお世話だったのではないかと思い、朝になってから『勝手にご飯を作ってしまってごめんなさい』とメールを入れたけれど、しばらくすると『美味しかった、ありがとう』と返事があって……不思議と舞い上がるような気持ちになっていた。

「えへへ、えへ……はぁ……」

――ただひとつ気になるのは、やっぱりエルのことだった。

妹分であるあの子に、野外で半裸、しかもおしっこをまき散らしながら絶頂する様を見られてしまった。悪いようにはしない、そう紘子には言われていたけれど、さすがにエルのことは想定外だっただろうし、それは美夜にもわかっていた。

以前から、エルが予告なしに美夜に逢いに来ることはよくあったし、美夜もそれを許していた――それ自体は、もう本当にタイミングが悪かったという他はない。

「でも、どんな顔をしてエルに逢えばいいのかな……」

それでも、美夜にとってあの日の体験はいいことの方が多かった。自分がずっと抱えていたコンプレックスを、嘘のように吹き飛ばしてくれた。きれいな自分、女の子として評価され得る自分――それがちゃんとあるのだということを、紘子は身を以て示してくれたのだから。

「とはいえ……ううっ、不本意です……」

まあ、どれだけプラスに話を持っていこうとしても、エルに恥辱の場面を目撃されたことは事実であって、いくら前向きになっても、そこが解決することはないのだった……。


「……さてしかし」

放課後、紘平は紘子――女装した姿で写真部にいた。

ゆうべは美夜のことも、エルのことも、それなりに無難に事が運んだ。だが、ひとつだけ解決していない問題があった。

紘子の正体を、美夜にどう伝えるか――ということだ。

紘平自身としては、別にいつバレても構わないし、美夜に嫌われるのも仕方がない――というところではあるのだが、むしろ、美夜にとってはそれではすまないだろうなと、そう思えるのだった。

今日も、美夜のことを考えると気の毒な気がして、女装をしてこの場所にいるが、それをいつまでも続けられるものでもない……いずれ何らかの決着がつく必要があるだろう。

もっとも、紘平自身が気づいていないが、そんな心遣いを美夜にしてやっている時点で、紘平にしても美夜のことを憎からず想っているに違いないのだが。


「コーヘイ!」

そこに、軽快にドアを開けて飛びこんでくる人影……エルだった。

「エルか……今日はなんの用事?」

「はい。えっと、あの……あのデスね……」

そこまで元気だったエルが、急にもじもじし始める。

「あの……コーヘイ、わ、わたしの初めてのヒトになってください……」

「え……」

そう言われて、さすがに紘平も驚いた。

「どういうこと?　本気で言ってるの」

「実はその……金曜の夜のアレが、刺激が強すぎたみたいで……」

「は……?」

さすがの紘平もきょとんとする。エルは恥ずかしくなったのか、顔を真っ赤にするけれど……それでも、ぎゅっと拳を握りしめて、紘平を見つめ返した。

「い……イケないんデス。コーヘイにあんなことされちゃって！　わたし、ずっと土日もオナニーしてたんデス！　でも、あの時みたいにイケないんデス!!」

「ちょっ、エル!?」

びっくりした紘平の襟をつかむと、顔を真っ赤にして……けれど、目の端に涙を溜めて、エルは紘平を上目遣いに見上げた。

「え、エルを……エルを、女にしてください……コーヘイ」

――真剣だった。それで紘平も、戸惑うのをやめた。

「そっか。半端にしちゃったか……ごめんな、エル」

紘平が小さく笑って、頭をなでると、エルの表情がぱっとほころんだ。

「……えへへ、ありがとうございます。コーヘイ」

エルは背伸びをすると、紘平にキスをした……それが、エルの初めてのキスだった。


「んっ……ふあ、ちゅっ……」

紘平の舌が口腔に割り入ってきても、エルは果敢に受け止めた。舌と舌が絡み合って、濃密な交わりを生み出している。

少し背の低いエルは、椅子に座った紘平の上で、向かい合わせにまたがってキスをしていた……これだと、ほんのわずかだけ、エルの方が背が高く見える。

「ぷぁ……キス、きもちいい……デス……」

今度はエルから、紘平にしな垂れかかるようにのしかかると、唇を重ね、舌を差し入れていく。紘平はそれを受け容れると、優しくエルの身体を抱きかかえた。

「おっ……ふぅ、じゅるっ……ぷちゅっ、くちゅっ……ふぁ……んぅぅ……♥」

仔犬がじゃれて顔をなめているようにも見える。それは、エルがやはり幼い容姿をしているからだろうか。それとも夢中でしがみついているように見えるからだろうか。

「ぷぁ……っ、あ、あぁ……あっ、あっ……♥」

紘平の手がエルの慎ましやかなおっぱいに伸びて、ゆっくりと服の上からこね上げる……その快感にエルの腰が自然に動いて、股ぐらを紘平の太腿に押しつけてくる。

それに気づいて紘平も少し膝を立てるように持ち上げると、エルから甘やかな声が上がる。

「ふぁ、あ……こんなの、はしたない、デス……♥　んむうっ……ちゅっ……」

言いながらも腰の動きは止まらず、紘平の脚に尻をこすりつけながら、キスを繰り返す……紘平の手が脇腹から太腿へのラインをなぞると、それだけでゾクゾクと身体を震わせた。

公園の時は特に愛撫もなく、恥辱と昂奮だけで身体ができあがってしまっていた。

エルはここに至って初めて、かわいがられることによる感情の昂ぶりと、それが与えてくれる甘やかな肉体への悦びを感じていたのだった。

猫のように目を細めて、エルは紘平の愛撫を受け容れた。

「んんっ……ふぁぁ……♥　コーヘイの手ぇ、やさしい……デス……あぁっ♥」

やがて秘蜜が膣からあふれて、ぬるりとクロッチが滑り、エルがぴくりと身体を身もだえさせた。

「はぁ……濡れてきちゃいましたぁ♥　コーヘイ……♥」

その言葉に、紘平はエルに一度キスをすると、その小柄な身体をひょいと持ち上げて、机の上に横たえさせた。エルは少し紘平を見つめてから、自分でシャツのボタンを外し始める。そんなエルを見て、紘平はエルのスカートのホックを外し、するりと引き抜いてしまう。

「こ、コーヘイ……前も思いましたけど、脱がせるの上手デスね……？」

「おかげさまで。随分と女装させられたからね」

「あは……っ、そうデスね……♥」

キスをしながら左手を背中に回すと、ブラのホックが外れる――カップがずれて、エルの形のいいおっぱいが露わになる。仰向けでも張りがあって、乳首の先はきゅっと上向きに起《た》っている。

「はっ、ん……♥　あぁ、乳首ぃ、ぴんぴんに硬くなっちゃってます……ふぁっ」

色素の薄いきれいな乳首を、紘平はそっと口に含むと舌先でつつき、ゆっくりと舐め転がしていく。

「あ……あっ、あっ……ふぁ、あ……あぁ……♥　コーヘイ……ひゃうう……っ！」

時折紘平が歯を立てるのか、そのたびにエルの腰が軽く跳ねる。

愛撫している紘平の頭を両腕で抱きかかえて、エルは気持ちよさに啼いた。

「はぁぁ……おなかのあたりが、ぽかぽかします……♥」

やさしく抱擁をほどくと、紘平はそっとエルの下腹に手を置き、そのまま脚の付け根へと下げていく。

「んっ、ふぁぁ……っ！」

紘平が指をパンティの秘裂に沈めていくと、吸いこんだ蜜があふれて、じゅっと湿った音を立てた。

「……汚れちゃうかな」

「はい、あの……ぬ、脱がせて、ください……♥」

エルの言葉にうなずくと、紘平は指をかけて、今度はゆっくりとパンティを脱がしていく。ねっとりと愛液が糸を引いて、クロッチと秘裂の間に数瞬、銀色の橋を架けた。

「きれいな色してる」

「やっ……そんなトコぉ、ま、まじまじと見ないで欲しいのデス……っ」

パンティを引き抜くと、やさしく脚を広げさせてから、紘平は視線でじっくりとエルの秘部を犯した。指で陰唇を両側に広げると、少し奥におぼろげな処女膜が覗いている。

「ひとりでする時は、穴とクリと、どっちでオナニーしてる？」

「ひゃっ!?　……え、えっと……よく、わかんないデス。わ、わたしずっと、マクラとか、机の角とかで……その、してたから……」

エルは顔を真っ赤にすると、けれど正直にそう答えた。

「そっか、指でとかはあんまりしたことがないんだ……じゃあ、こういうのは？」

紘平は、指で茂みを押し上げて包皮を持ち上げると、そっとクリトリスへと舌を押しつけた。

「ひう……っ!?」

びくんっ、と大きくエルの身体が跳ねたのを確かめて、少し舌の力を抜く。それから柔らかく、なでるように舐め上げた。

「ふぁ、あ、ああ……っ♥　こんな、気持ちいいのぉ……♥」

じわじわと下腹から響いてくる快感を、エルは素直に受け止めて、酔っていく。

「あっ、あうっ、ふぁぁ……こーへ、コーヘイ……っ♥　気持ちいいデス……あ、あっ、ああ……っ！　だめぇ、そんなにしたらぁぁ……♥」
腿を引きつらせてエルが腰を跳ねさせる。紘平がエルの変化に気づいて離れると、
エルの膣からびゅっと透明な液が噴き出した。
「あっ、あぁ……ご、ごめんなさい、コーヘイ……わたし……」
「大丈夫。汚くないから」
少し顔に噴きかかった愛液を手の甲でぬぐうと、ぺろりと舐めて笑う。そんな紘平
を見て、エルは恥ずかしそうに笑ってから、脚を開いた。
「来て……ください、コーヘイ♥」
熱い息をこぼしながら、両手で陰唇を左右にぱっくりと割り開くと、薄桃色の秘肉
を覗かせて、自分から紘平を受け容れる準備をして見せる。
「……エッチだな、エルは」
「はいぃ♥　でも……コーヘイにだけデス、よ？」
紘平もホックを外してスカートを落とすと、ずっと窮屈にしまいこんでいた屹立を
外気にさらす……そそり立っているそれを間近にして、エルは期待と緊張の熱いため
息を洩らした。
「よく濡れてるけど……それでも、ちょっと痛いと思うよ」
身体の大きさのせいなのか、秘穴もまた小さめだ。紘平のペニスがあてがわれると、

やや心配になるサイズ差ではある。

「いいです……きっと、すぐ気持ちよくなっちゃいます♥　だって、コーヘイデスから」

それは紘平のことが好きだから、ということか、それともテクニックを期待されているということか——わからなかったけれど、それを聞くのも野暮だな、と紘平は考えて小さく苦笑いした。

「ご期待に添えるようにする……じゃあ、力を抜いて」

みなぎった剛直が、ぐっと小さな膣口にあてがわれると、粘液を押しのけながらずぶずぶとはまりこんでいく……！

「う……ぁ……！　あ……あっ、はぁ……！　あうぅ……っ！」

みっちり、すき間なくエルの膣壁が紘平を押し包む……愛液にほんのりと破瓜の血が混じると、それがそのまま膣奥への道を通す潤滑剤になっていく。

「う、はぁぁ……！　コーヘイ……っ！　あ、あー……っ!!」

目を見開くエルにかまわず、紘平は屹立を押しこんでいく……烙印を刻みこむように、しっかりと根元まで打ちこむと、そっとエルの頬をなでた。

「はいっちゃいましたぁ……♥　コーヘイの、おちん×ん……はぁぁ……♥」

涙とよだれで顔をくしゃくしゃにしていたが、それでもエルの表情は幸せそうだった。それはエルにMっ気があるからなのか、それとも相手が紘平だからなのか。

紘平はゆっくりと、両手でエルの身体を愛撫した。緊張でぎちぎちに張りつめた膣圧を感じながら、すこし膨らんだおなかを、やわやわとなでるように愛でる。

「……んっ、はぁぁ」

紘平の指が、ゆっくりと包皮の上からクリトリスをなでる。そのたびに不思議と、エルの痛みが甘やかな痺れへと彩りを変えていく。

「はっ、あぁ……わかる、デス。これが、コーヘイのおちん×んデスね……♥」

エルも自分で下腹をなでる……すると、それがおなかの中まで伝わったような気持ちになって、すっと緊張がほぐれた。

「じゃあ、動くよ？」

「はい……♥　気持ちよく……してください、デス……♥」

ゆっくりとペニスを引き抜くと、愛液にまみれるその中に、うっすらと血の赤い筋がまぎれていた。紘平は不思議とエルが愛おしく感じられて、腰を進めながらその唇を奪った。

「んっ、ちゅむっ……ふぁ、は……むん……っ、ちゅぷっ、ぁふ……♥」

舌を絡めながら、ゆったりめで、膣内をならすように抽送する。恍惚としたエルの様子からは痛みはそれほど感じられない。

「っぷぁ……♥　はぁっ……あ、あぁ……これが、せっくすぅ……♥　お尻も、気持ちよかったけどぉ……あっ、これぇ……響くぅ、お、おなかの奥にひびいちゃいますぅ……！」

言葉と同時に、膣内《なか》がキュッと締まる……エルもだんだん、快楽の受け取り方がわかってきたらしい。そうとわかれば、紘平もためらいはなかった。

「んああっ……きたぁぁ♥　おちん×ん、おなかの奥にずんずんきちゃいます……ふぁっ、あぁっ、あぁぁ……っ……！」

口の端からよだれをこぼし、歓喜の表情で、エルは紘平の責めを受け容れる……表情に曇りがないことを確かめると、紘平の責めは徐々に激しいものになっていく。

「っ……いたく、ない……っ？」

「まだ、ちょっとぉ……♥　でも、全然っ、気にならない……デスよぉ……！」

ペースが上がり、紘平がエルの脚を持ち上げると、まんぐり返しの体勢になる。ひと突きごとに愛液が爆ぜ、紘平の腰がエルの尻にぶつかって、ぱしん、ぱしんと打擲《ちょうちゃく》する音が部屋に響く――その生々しさがエルの耳に入り、それが陶酔につながっていく。

「ああっ、はぁ……っ♥　わらひぃ、こんないやらしいかっこうでぇ……コーヘイのおちん×んっ、くわえこんじゃってますぅ……♥　はぁっ、あぁぁ、すごっ、きもち、いぃ…………!!」

「ああ、俺も……っ、エルの中、きつくて気持ちいい……！」

「ふぁ、ほんとうれすかぁ……♥　エル、うれしいれすぅ……っ……！」

獣のように互いを求め合い、ずぷずぷと湿った攪拌音だけが部屋を埋め尽くしていく……忘我の中で、エルはうわごとのように、ただ気持ちいいという言葉を繰り返していた。


「……でも、どんな顔で逢えば……？」

その頃、美夜は戸惑いながらも、足を写真部へと向けていた。

エルからはあの後、連絡も何もない。いつもなら休み時間にでもひょこっと現れるところなのに、今日に限っては放課後まで姿すら見せなかった……あんな姿を見せてしまった後だ、逢いに来てくれるとも思ってはいなかったけれど。

どうすればいいかと考えたけれど、結局、写真部に行ってみようという気持ちになった。

もしかしたら、紘子が巧い具合にエルを説き伏せてくれているかも知れない——そういう望外の幸運も、少しだけ期待のうちにあったのだけれど。

「と言うか……紘子さんに逢うのもちょっと恥ずかしいです、ね……」

週末のことを思い返すと、顔が赤くなってしまう。不思議と耳にあえぎ声の幻聴まで聞こえてくる感じで。

「って、え……っ？」

そこまで考えて、はたと足が止まる……聞こえてくるそれは、幻聴なんかじゃなかったからだ。

「写真部の部室……」

洩れ聞こえるように、甲高い声が聞こえている——そっと近づき、扉のすき間から覗く。

——そこには。


「うぁあぁ、きもちいいよぉ……！　もっと、エルのおま×こずぼずぼしてぇ……！　もっと痛くしてもだいじょうぶらからぁ……！」

正直、美夜は自分の耳を疑った——エルだった。無邪気で闊達《かったつ》なあのエルが、そんな淫らな言葉を、あんなに嬉しそうに、なんのためらいもなく大声で口からほとばしらせている。

「っ、エル……！」

「うれしい……コーヘイ。もっと、エルの膣内《なか》で、もっと、もっと気持ちよくなって

ぇぇ……♥」

「ああ……っ！」

　そして何より、姿は紘子だけれど、そのふるまいは、そしてエルを穿っているその昂ぶりは——間違いなく男のそれだった。

「あぃぃ……エルのぉ、エルのおま×こぉ♥　ごりごりってけずれてるよぉ……こんなの、もうコーヘイのかたちにされちゃうのぉ……！」

　驚きがほとんどだったが、美夜は眼を離すことができなかった。

　激しい行為なのに、不思議とそこには温かさと優しさが感じられた……それは、あの日に美夜が感じたのと同じものだった。

「おぉ……あぉぉ……♥　あ、あっ、あっあっ、くるっ、きひゃうぅ……っ！」

　初々しい締めつけに射精欲をこらえながら、激しいピストンでエルを高みへと押し上げていく。

（すごい……あんなに激しいのに、エル気持ちよさそう……）

　性別を偽られていた憤りより、別の誰かと愛し合っているという驚きよりも、自分が感じているのが羨ましさだということに——たまらず熱い吐息を落としてしまってから、美夜自身が驚いていた。

「あっ、うぁぁ……あっ、あー♥　ああーー……♥」

何も考えられなくなったかのように、だらりと長いあえぎと、閉じなくなった口から舌が覗き、よだれが口の端からこぼれ出す。

「っ……そろそろ……！」

「あーっ、あー……♥　きてっ、きれぇぇ……っ……！」

ぐっとエルの腰を押さえこむと、これが最後と思いきり腰を打ちつけていく。

「あっ、いっ、イグっ、イッちゃうよぉぉ……♥　あぁあぁぁぁ……!!」

「くぁあぁ……っ!!」

どくんっ、と二人の密着している場所が強く跳ねた……！

「あぁあぁぁぁ……イックぅぅううぅぁぁぁ………ッ!!」

びくんっ、びくんっ、と反り返ったエルの身体が二回、三回と腰を跳ねさせると、紘平のペニスが勢いよく抜けて、白濁を思いきり噴き出させた……！　それが、ぱたぱたとエルの身体へと降りかかり、淫猥な雪化粧をほどこしていく。

「はぁっ、はぁっ、はぁっ……こーへい……しゅきぃ……♥」

「はぁっ、はぁっ……エル……ん……っ……」

白濁まみれになったエルの頬を、そっとなでてから、優しくキスをする……そこで初めて、美夜はいたたまれない気持ちになった。

「……部室はラブホテルじゃないんだがな」

「きゃっ!?」

喰い入るように覗いていたせいか、美夜はいつの間にか、そばに桂がいることにすら気づいていなかった。

「入るよ。宮原さんも用があるのだろう?」

そう言って、有無を言わせずに鍵を開ける……ためらわず部室に踏みこんでいく桂に、一瞬逃げることが頭をよぎった美夜も、意を決して足を踏み入れた。


「ええっと……」

二人が踏みこんだ部室では、沈黙が続いていた。

いたたまれなくて、ちょっと口を開きかけたエルだったけど、その雰囲気の重さに、そこまでで口を閉じた。

「……まあ、いずれ美夜さんには言わなきゃいけないことだったし。タイミング最悪と言えば、まあ最悪なんだろうけど」

その中で、紘平はケロリとしていた……いや、発覚した時にはこうなるだろうと、最初から肚を決めていたのかも知れない。

「改めて。俺は朝川紘平、二年生だよ……よろしくね、美夜先輩」

「…………!!」

紘子の姿のまま、悪びれずに紘平は自己紹介をする——それが美夜にはどういう意味に見えたのか、気づけば握りしめたその手が震えていた。

「私を……だまして、いたんですか」

声が震えていた。怒りが後から追いかけてきているのかも知れない。

「だますっていうか……俺は、美夜さんを脅してる方だからね。最初から正体を隠す必要はなかったんだけど」

「…………だったら、最初から男の姿をしていればよかったじゃないですか」

「……そうだね。でも、積極的に男の姿を見せる理由もなかったから」

紘平は、絞り出すような美夜の問いかけに、淡々とそう返して、まっすぐに美夜を見つめる……その視線に、美夜は顔を悔しそうに赤らめて、眼を逸らしてしまう。

「っ……‼」

「あっ、みゃー！」

いたたまれなくなったのか、美夜は立ち上がると、そのまま部室を飛び出していく
……エルはどうすればいいのかがわからないのか、出ていった美夜と動かない紘平の両方を見て、板挟みになってしまった。

「……ね、コーヘイ。これ、エルのせい、ですか……？」

エルは悲しそうな顔になって、紘平につぶやいた。

「いや、俺のせいだから……エルは気にしなくていい」

紘平は、目に涙を溜めているエルを見て、苦笑いしてからその頭をなでた。

「コーヘイ……」

エルは、そんな優しい、でも少しさびしそうな表情をする紘平を見て、首を思いきり横に振り立てた。

「やっぱり、このままじゃダメデス……わたし、みゃーに話をしてみます！」

「エル……」

そう言って、エルはなでていた紘平の手を振り払って、部室から飛び出していく。

「………まったく、迷惑のタネが尽きないな」

エルが見えなくなってから、桂がぽつりと、容赦のない一言を紘平に投げた。

「そうだな……自分でもちょっとどうかと思うけど」

紘平も苦笑いを返す。してみると、紘平自身にも一抹の気まずさがあるのだろう。

「珍しく、あの子にはいいことをしてたと思ったんだけど？」

こちらも珍しく、桂が紘平の行動にプラスの評価をした。

「そうかも知れないけどさ……結局、正体を隠したままでどんなにいいことをしたって、最後がどうなるかなんて知れてるだろ？　誠意なんてのは、融通が利かないものだよ」

「……そうだな」

最初は面白半分で、美夜の口を封じられればそれでよかった……それが、美夜の弱さ、自信のなさを見ていたら、いつの間にかこんなことになっていた。

「それで、この後はどうするんだ？　紘子ちゃん」

やや冷たい感じに桂にからかわれると、紘平は少しだけ肩をすくめた。

「それは、俺が決めることじゃないと思うよ……そうでしょ？」

「…………確かにね」

桂も小さく苦笑いをすると、それ以上はもう、何も言わなかった。


「し、失礼します…………っ！」

その頃、美夜はその足で保健室に訪れていた。

「あらあら、宮原さん……どうしたの？」

和実はおっとり刀で応えたが、その様子を見て、何かひとかたならぬ事態であるのが予想できていた。

（ちょっと紘平……あんた、何かやらかしたわね……!?）

内心で紘平に対する悪口を吐いたが、そこは片棒を担ぐ身の上だ。そもそも話を持ちかけた当事者でもある——和実は見えないように呼吸を整えると、何事もない振りで美夜を招き入れる。

「お、お話があります……あ、朝川くんのことで」

「ああ……そのこと、か。まあ、とりあえず中に入って」

まるで今気がついたかのように演技して席を立つと、和実は美夜を保健室に招き入れる。

「失礼しますデス……！」

扉を閉めて鍵をかけよう――というところで、エルが飛びこんできた。

「な、なに……っ!?」

「エル……！」

保健室に飛びこむとエルが扉に鍵をかける。和実は混乱した。

（えぇっ、どういうこと……!?）

和実はエルのことを知らない。いずれ関係があるのだろうが、これはうかつな話はできないな……と、考えた。

「……じゃあ、宮原さんの話を聞きましょうか。あなたも関係があるのね？」

「はい！」

エルの元気がいい返事に、和実は戸惑う。とても色事に絡んだ話にはならなそうなのだが……しかし、まずは話を聞いてみないことには手の施しようがなかった。

「その……先日私がここで見てしまったことの口封じを朝川くんが私にしたのは、和実先生がやらせたことなのですか？」

――話の切り出しは、やはり和実が予想した通りだった。

「それについてはあの子の独断だけれど……何をしたの？」

「それは……」

美夜は口ごもる。それはそうだ、されたことの内容は、いくら和実を相手にでもおいそれと話せる内容ではなかった。和実もそこに気づいたのだろう。

「……もし、宮原さんが朝川に無理やりに何かされたというのなら、ちゃんと話して？　そういうことであるなら、あたしも黙っているわけにはいかないわ」

「あ……っ」

そこまで来て、美夜は話す口が止まってしまった。

和実は共犯ではあるかも知れないが、独断ということになるなら、紘平を処分することもできる――だが、紘平はそこまでされるようなひどいことを美夜にしただろうか？

「みゃー、コーヘイは悪くない……悪いのはわたしだから……」

「エル……」

そんな戸惑いを見て取ったのか、エルがそう美夜に訴えた。

「……なるほど。つまりそういうことなのね」

その様子を見て、和実は小さくため息をつくと……二人に笑いかけた。

「宮原さんは朝川のことが好きになったのね……でも、あなたに不実な態度を取った」

「せ、先生……!?」

図星を指されて、美夜は目を見開く。それで和実は確信した。

「あたしはそういうことには鼻が利くの……わかったわ。もう朝川を処分するとか言わないから、二人が朝川と何があったのか、先生に——じゃなくて、このお姉さんに話してみて？　すっきりするかもよ」

和実の態度がフランクになって、二人は驚いたけれど……ようやく理解できた。それが和実の本来の姿なのだということを。

「そっかー。まあ、あいつらしいわね」

それから和実は、二人の話をきちんと聞いた……いや、『和実が聞く』という体裁で、美夜とエル、二人が互いの知らない事情を打ち明け合った。

「……そう、だったんだ」

うことに。

美夜も驚いていた。自分の知らないところで、エルも随分と冒険していたのだとい

「ごめんなさい。だから、みゃーが怒ることはないと思う……その、わたしがコーヘイにお願いしたの。だから……」

「いやいや、それ明らかに朝川が悪いから。つーかそもそもが無理やりじゃないのそれ……エルみたいなかわいい子にそんなこと、なんてうらやま……じゃないや、ひどいことするわね」

「せ、先生、口に出てます……」

「あはっ、ごめんね。あたし欲望に正直だからー。ま、とりあえずお茶でも煎れるわね」

和実はお茶を煎れる用意をしながら、話を続けた。

「まあ、朝川の不思議なところはね……相手の気持ちいいところを見抜いちゃうというか、そういうところだよね。だから、半ば無理やりなことでも自信を持って実行しちゃうと言うか。だからちょっとムカつくんだけど、憎めないんだよね……はい」

「ありがとうございます。確かに、そういうところがありますね……」

手渡されたお茶のカップの温かさに触れながら、美夜は紘平がしてきたことを思い返す。

「で、ここまで来て、改めて聞き直すんだけどさ……朝川は二人に、何かイヤなことを強要した？」

「……してないデス」

「…………してない、ですね」

「──そっか。ならまあ、あとどうするかは、二人で決めればいいんじゃない？」

和実はそう言って微笑んだ。困った顔で、美夜とエルは互いを見ると、

──やがて、おかしそうに笑い出した。

†

「……ただいま」

紘平は、ひとり自宅に戻ってきた。カバンをソファに投げて、ジャケットを脱いだところで、夕暮れのキッチンに置かれた鍋が視界に入った。

美夜の作ったスープは、あわてていたのか、味はよかったけれどひとりで食べるには量が多くて、今朝ようやく食べ終わり、とりあえず水を入れて流し台に放置していたところだった。

なんともおかしな数日だったと、紘平はそう思った。

二人ともあんなにいやらしいのに、変なところで純粋で——あんな子たちは、そうそういないだろう。そう肩をすくめる。

「片付けるか」

制服のネクタイを外す——不思議と未練を感じて、紘平はとっととその鍋を洗って、片付けてしまうことにした。


ピンポーン。

その晩、ぼんやりとテレビを観ていた紘平の部屋で、呼び鈴が鳴った。

こんな時間に誰だろう？　そう思ってドアアイを覗きこむ。

その向こうには——。

「……どうしたんだ、二人して」

そこには、美夜とエルが、買い物袋を提げて立っていた。

「あっ、あのっ……わ、私たち」

「ば、晩ご飯をつくりに来ました！」

「え……ああ、ええっと」

想定外の言葉に、さすがの紘平も返事に詰まる。けれど、二人が来ることについては、やぶさかでもないわけで。

「まあ……入れば？」

そう答えると、二人の顔がみるみる明るくなって。

「はい……っ！」

恥ずかしそうに微笑むと、二人は部屋へと上がりこんだ。


「えっと、あの……朝川くん！」

「……紘平でいいよ」

「こっ……ここ、紘平、くん……そのっ、ごめんなさい！」

急に美夜が頭を下げたので、紘平はどうリアクションを返していいのかわからなかった。

「私っ……あの、紘平くんに……ってゆうか、紘子さんには本当に、いろいろ教わったの。それなのに……」

「……いや、俺が美夜さんをだましてたんだし、別に謝ることでもないんじゃないかな」

「でも……紘平くん、怒ってるんじゃないかなって」

「怒ってないですよ」

「……ほんとう？」

美夜に哀願されるように覗きこまれると、紘平は困惑した。

「え、えええまあ……」

「よ、よかったぁ……っく……」

紘平が少し気圧されてそう答えると、美夜はなぜかぽろぽろと泣き出した……！

「ちょ、ちょっと……どうしてそこで泣くんですか……！」

あわてる紘平を後目に、エルが笑い出した。

「わたしたち、コーヘイのことが好きデス。だから、みゃーは嫌われてないってわかって、嬉しいんデスよ」

「美夜さん……」

「ご、ごめんなさい。私、泣き虫で……」

自分でもわかっているのだろうが、涙が止まらないのだろう。

「……俺に嫌われてないのが泣くほど嬉しいっていうのもちょっとどうかと思いますけど、まあそういうことならよかったです」

紘平はゆっくりと美夜を抱きしめると、頭を優しくなでた。

「紘平くん……♥」

抱きしめられて、美夜はうっとりと甘い声を出す。

「あっ！　ズルいデス！　エルも！　エルもして下さい！」

エルはあわてて紘平にしがみついた。

「……エルはもう少しムードを大事にした方がいいんじゃないかって思う」

「ええっ、ダメデスか!?」

もうそんな返事をしてしまう時点で、ムードもへったくれもない……そう思ったところで、三人は笑い出してしまった……。


「じゃあ、ご飯作りますね！」

恥ずかしそうに……というか、嬉しそうにだろうか。美夜が立ち上がると、エルも一緒に立ち上がった。手伝った方がいいかと紘平が尋ねると、これはお詫びだから待っていて欲しいと、丁寧に辞退されてしまった。

二人は用意してきたエプロンを身につけると、キッチンに立った。

「みゃー、これはどうすればいいデスか!?」

「ああえっと、とりあえずこのボウルの中に入れて、きれいに洗って……ああダメっ！　食器洗い洗剤は使っちゃダメえっ！」

「……だ、大丈夫なのかな」

待っていろと言われたものの、キッチンからは不吉な会話が聞こえてきて、あまり落ち着いて座っている、という感じでもない。それでも、楽しそうにしている彼女たちのやりとりを見守っているのは悪くない——紘平はそう思った。

だが、それも不思議なことだった。そもそも紘平は人の愛情というものをあまり信じていないところがあったから。

「エルはみゃーをお嫁にもらって、養ってもらう予定だったので、料理はぜんぜん勉強してないのデス……」

「えっと……うん、何かめちゃくちゃなことを言ってるね。いいから、次はレタスを水で洗って、適当な大きさに手でちぎってボウルに入れるの」

「あっ、それならできそうデス！」

二人を見ていると、そんなに難しいことを考える必要はないんじゃないか……そんなふうに思えてくる。

二人にしても、まったく悩みがなかったわけじゃなかった。お互いが、お互いに対する引け目やコンプレックスがあって——それでも最後にはやっぱり、二人は大切な友だちだったのだ。それでいいんじゃないか、と。

「お、お待たせしました……」

「しました！」

待つこと一時間、料理ができあがったようだ……ちょっと美夜が疲れているのが気になるところだけれど。

生ハムのサラダに鶏肉のカルパッチョ、そしてステーキにコンソメスープまで用意されていた。相手が男子ということで、ちょっとがっつりめの料理にしたのだろうか。ステーキのつけ合わせの温野菜がやや不格好なのは、誰が切ったのか推して知るべし……というところ。

「随分悲鳴が上がってたみたいだけど……大丈夫だったの」

「えっと、ちょっと形がおかしいのとかありますけど、味の方は大丈夫です！」

「はい！　万事ＯＫデスよ！」

にっこりと、小さくガッツポーズを取ったエルの手はばんそうこうだらけになっていて、紘平は苦笑する。見ないことにしておいた方がよさそうだ。

「じゃ、ありがたくいただきます」

「いただきます」

「いただきますデス！」

誰かと食卓を囲むなんて、一体どれくらい振りだろう——そう思いながら、紘平は箸を取った。

気づくと、美夜とエルがちらちらと紘平を見ていた。美味しいと思ってもらえるかどうかが気になっているらしい。

「ええっと、そんなに見られると、ちょっと食べづらい……かな」

「あっ！　ご、ごめんなさい……やっぱりその、気になっちゃって」

「ＹＥＳ！　気になるのデス……！」

「そ、そうか……いや、美味しいと思うよ」

とりあえず感想を言ってあげないと収まらなそうだったので、まずは一口肉を放りこむ……お世辞を言うまでもなく美味しかったので、素直にそう答えると、二人は胸をなで下ろしていた。

「はあ……よかったです」

「まったくデス……」

紘平の言葉に安心したのか、二人も箸を動かし始めた。

「ホント、みゃーこれ美味しいデス！　お肉のソース絶品デスね！」

「あ、ありがとう……一応、いっしょに作ったんだけどね。自覚あるかな？」

そんな二人の会話に、いつもはポーカーフェイスな紘平も、自然と相好を崩さずにはいられなかった……。

「……ごちそうさま。いつも、大したものを作らないから、凝った料理とかが出てくると新鮮だった」

「お粗末さまでした……えっと、あの、ま、まずくなかったなら、よかったです……」

和やかに食事も終わり、紘平は素直な賛辞を贈った。前に作ってくれた朝食のスープでもそうだったが、美夜の料理は繊細だけれどしっかりとした味があり、紘平にとっては好ましい味つけだった。

「わたし片付けるね！　作る方はあんまり役に立たなかったし！　二人は座っててー」

エルが立ち上がって、食器を片付け始める。

「で……二人とも、よくわからないんだけど、ごめんなさいしに来たってことでいいの？」

「えっと……はい、いちおうは……」

そう答えて、美夜が顔を赤くする。が。

「違います！　みゃーと二人でエッチなことをしに来たんデス！」

「きゃっ!?　ちょっと、エルってば……！」

食器をがしゃがしゃと洗いながら、エルが大きな声でそんなことを言うものだから、これ以上ないくらいに美夜の顔が真っ赤になった。

「い、いぃえっ、ですから、あの……っ！　わっ、わたし……っ……！」

顔から湯気が噴き出して、今にも卒倒しそうな美夜が、困ったように紘平の顔をのぞき見た。

「私も……エルちゃんみたいに、紘平くんに……されたくて、その……」

上目遣いに、すがるような視線の美夜……そんな様子は年上には見えなかった。

「……いいの？」

そうは言っても、だましていた身の上だ。紘平はもう一度美夜に確かめた。

「はい……そのっ、というか、紘平くんが……いい、です……」

美夜は紘平の袖をぎゅっとつかむと、目を潤ませてそう答えた。

「……かわいいね。美夜さんは」

「か……っ……!!　あわ、あわわわわ……！」

そっと頭をなでられる。その一言で、美夜は顔をさらに赤くすると、まるで泡を吹きそうな勢いで身もだえた。

「……公園で露出プレイまでしたのに。そういうところは変わらないんだね、美夜さんは」

「あっ、あの時は……紘平くんが、わ、わたしに別人になれる魔法をかけてくれたから……っ！」

わたわたと答える美夜に、紘平は首を振った。

「別人じゃないでしょ。あれはあくまでも美夜さんだよ……美夜さんは、街で男が振り返るようなかわいい女の子なんだからね」

「こっ、紘平くん……♥」

「ズルいデス！　二人だけいつの間にかいい雰囲気になってます……！」

洗い物を済ませたエルが、そんな二人のいちゃいちゃに割って入ってくる。

「コーヘイ、エルはコーヘイの二号でいいデス。本妻の座はみゃーにゆずるので、わたしもいっしょにかわいがって欲しいデス……！」

「ちょっ……あのさ、二人でそんな話してから来たの？」

「い、いえっ、あの……っ」

さすがの紘平も噴き出して笑い出す。

「NO！　わたしがドクダンで決めました！　だってみゃーはかわいいんですから、自信を持たなくちゃ！　わたしは、みゃーのことも、コーヘイのことも大好きデスから！」

「エルってば……」

美夜がちょっと涙ぐむ。エルは本当に、なんだかずれたところがあるけれど……でも、そんなところが、きっとエルらしいところなのだろう。

「あっ、それから……和実センセーから預かりものがあります！」

そう言って、エルは紙袋を持ち出してくる。

「和実さんから……いやな予感がする」

がさがさと開けて中を確かめると……そのいやな予感は的中していた。

そこにはいかにも、和実が紘平に着せたがるような、黒のキャミソールとガーターベルト、それに女物のパンティが入っていた。

「……趣味で女装をしてるわけじゃないんだけどね。パンティまでとは、これはもう変態だね。いや、今さらかな」

「いいじゃないデスか！　コーヘイ似合いますし。それにみゃーへのセキニンは、ヒロコに取ってもらった方がいいと思います！」

「責任……？」

苦笑して美夜を見ると、美夜も頬を赤くする。

「そうですね……私は紘子さんに呼ばれてこっち側に来たのに、紘平くんが来てくれないのは不公平……かな」

「……そうだね」

美夜は、紘平にも『変態』になって欲しい——そういうことなのだろう。紘平もうなずくと、手に持った女ものの黒いパンティを広げて、くすりと笑った。

「えーっと、いきなり三人でエッチを始めるのも恥ずかしくてハードルが高いので、まずはみんなでお風呂に入ることにしようと思います！」

「お風呂……」

「はい！　お風呂デス！」

両側から笑顔で言われると、よくわからない迫力があって、さすがの紘平も押しきられた……。


「あは、コーヘイも髪をまとめるんデスね！」

そんなわけで、風呂を沸かして三人で入ることになった。

「そこそこ長いからね。へばりついてうっとうしいのは男も女も同じだから」

紘平も地毛が肩口まである。長髪は水濡れで肌に張りついたり、毛先がお湯の表面の汚れをさらってしまうので、タオルやクリップでまとめ上げてから風呂に入るのが一般的だ。

「えっと、二人とも……その前に、裸に対する恥じらいはないんですか」

紘平とエルはすっかり裸になってそんな話に興じているが、美夜だけはそういうわけにもいかなかった。

「エルはその、コーヘイに全部恥ずかしいところ見られちゃってますから……」

「美夜さんは結構大胆なのに、たまに変なところを気にするよね」

エルは素で、紘平はもちろん意地悪でそう答える。

「……美夜さんも、隠さないでよく見せてください」

「紘平くん……う、うん……」

バスルームの扉の後ろに隠れていた美夜も、その紘平の言葉にうなずいて、遅ればせながら入ってくる。

「美夜さんって、ホントにいやらしい身体してるよね」

「ひゃうっ!?」

おずおずと入ってきたところをからかわれて、美夜は両腕で身体を隠した。

「ダメですよ、美夜さん……ほら、ちゃんと見せてください」

薄笑いと一緒に、紘平が言葉に力を篭める……観念したのか、美夜は恐る恐る腕をのけて、その身体を紘平の視線の前へとさらした。

「みゃーのおっぱいは、ホントにおっきいですよねえ」

「そのわりにはちゃんと腰はそこそこ細いし。それなのにお尻も大きめで……ホント、いやらしい」

紘平の言葉に、美夜はぞくりと身体を震わせた。膣奥でじゅわっと体液が分泌するのが感じられる。

エルとは違って、わざといやらしく聞こえる言い方をしている。紘平にとってもう性行為は始まっているのだ——それに気づいて、美夜はぱあっと頬を赤く染める。

「……みゃー、どうかしたですか？」

「いいんだよエル。美夜さんは身体よりも先に、心がエッチになるのが重要なんだ」

「こ、紘平くん……っ！」

わかっていて、紘平はエルに美夜の性癖を説明する。それもプレイの一環なのだ。

「美夜さんこそわかってる？　この後、美夜さんはエルが見てる前で処女を奪われた上で、恥ずかしいトロ顔をさらすことになるんだから」

「っ……!!」

（そうだ。恥ずかしくて仲良しムードに逃げていたけれど……私、この後紘平くんに処女を……セックス、しちゃうんだ……！）

その言葉に、美夜の心にも危険な矢が刺さり、息を呑んだ。

「わ、わかって……ます……♥」

期待と、ほんの少しの恐怖に彩られて、その目の色がかすかに変化する。

「っ……みゃーって、結構えっちなカオするデスね……」

「まあ、美夜さんはエッチの方も優等生だから」

見ている前で表情を変えていく美夜に、エルは驚き、紘平は少し意地悪そうに笑う。

「さて……いくらうちの風呂が広めでも、三人一緒にはバスタブに入れないし……美夜さんに、俺を洗ってもらおうかな。その身体で」

「えっ!?　……は、はい……♥」

言われて、美夜も理解した。恍惚とした表情で紘平からボディソープを受け取ると、それを体中に塗りたくって、泡だらけになる。

「こ、これでいいですか、紘平くん……」

紘平が無言でうなずくと、美夜は恥ずかしそうに紘平の背中に寄り添って、その豊満なおっぱいを押しつけた。

「いいよ……気持ちいい、美夜さん」

「本当ですか、嬉しいです……♥」

紘平に褒められると、うっとりとした表情になって、身体を押しつけ、上下にこすりつけ始める。

「んぁ……乳首、こすれちゃいます……はぁ……♥」

美夜がぎゅっと身体を押しつけ、こすり上げるたび、見事な砲弾型のおっぱいが押しつぶされて、いやらしくゆがみ、たわわに躍った。

「んっ、ふぁ、んぁぁ……っ！　やだぁ、おっぱい、こすれてぇ……♥」

身体はボディソープでぬるぬると滑り、それが美夜の乳首を刺激して、声を上げさせた。

「ふぁぁ……紘平くんっ、こうへいくぅん……っ♥」

背中から艶っぽい声で名前を呼ばれ、紘平も快感を享受する。耳元で洩れる美夜の熱い吐息に、みるみるうちに股間のものが硬さを増していく。

「はぁ……みゃーがうらやましいデス……♥　エルのおっぱいじゃ、そんなことしてあげられません……」

バスタブの中で湯につかりながら、エルはその様子を眺めながら、自分を慰め始めていた――エルは美夜と違って、外的な刺激でも昂奮してしまう。紘平もそれをわかっていたから、エルをひとりバスタブに残したのだ。

「はっ、はぁっ、はぁっ……♥」

やがて美夜は夢中になっていき、おっぱいを背中に押しつけながら、紘平の首筋にキスをして、やがてぺろぺろと舐め始めた。

「ああ……ずるい、エルもします……♥」

そのエスカレート振りに、エルも昂奮してきたのか、風呂から上がってくると、こちらは紘平の前にしがみついて、身体をこすりつけ始めた。

「ふぁぁ……んっ、ふぁ……コーヘイ……ぃ♥」

紘平は黙ってボディソープを手に取ると、エルの身体に塗りつける……少し小さめだけど、形のいいエルのお椀型のおっぱいがきゅっと押しつけられて、こちらは紘平の胸と合わさって二人を同時に刺激した。

「あふぅ……コーヘイの胸とこすれ合って、エル気持ちいいですぅ……♥」

「俺も、かわいい二人に挟まれてこんなことをしてもらえるなんて、すごく気持ちいいよ」

「嬉しいです、紘平くん……♥」

「コーヘイ……♥」

二人が夢中で身体を押しつけてくるから、紘平の身体もすっかり泡だらけになってしまった。

「とはいえ、このままだと、ちょっと欲求不満かな……エル」

「なんですかコーヘイ……わっ！」

紘平は、エルを抱えてゆっくりと立ち上がると、壁に手を突かせて、尻を突き出させた。

「わぅ……もう、しちゃうですか?」

「今日は美夜さんが先……初めてなんだしね。でも、俺がちょっと保ちそうもないから」

「ひゃ……っ、つめたぁい……♥」

紘平はエルの形のいい尻にボディソープをぶちまけると、すっかりぱんぱんに膨れ上がったペニスをエルの尻の谷間に押しつけた。

「んっ……」

「ふぁ……っ！」

紘平はエルの尻肉にペニスを挟みこむと、ゆっくりとこすり上げ始める。張りのあるエルの尻は、尻摺りに使われていやらしくたぷたぷ、ぷるぷると揺れた。

「紘平くん……♥」

紘平の意図を理解して、立ち上がった美夜も紘平の背中にもう一度胸を押しつける。

「ああ……気持ちいいよ、二人とも」

紘平のペニスが、ボディソープと先走りの液でくちゅくちゅと疑似性交の音を立てると、それぞれの昂奮をかき立てていく。

「んっ、はぁ……なんだか、私がエルを犯してるみたい……♥」

紘平の背中で、美夜がそんなふうにつぶやいて、それがエルの耳に入る。

「うぁぁ……エル、二人にエッチされちゃうですかぁ……♥　エルのお尻、気持ちいいデスかぁ……♥」

「ああ、いいよ……すごく弾力があって、すべすべしてて……！」

「ふやぁぁ……も、何度も、なんどもぉ……コーヘイのおちん×んがエルのお尻の穴の上をこすってぇ、すごく切ないよぉ……♥」

尻穴まですっかりしつけられているエルは、そんな言葉を洩らすと、下半身をぷるぷると震わせた。

「ごめんな……とりあえず、一回、出させて……っ！」

紘平はぎゅっとエルの尻肉を押さえつけて、尻たぶの間でペニスをこすり上げた。

美夜はその背中に張りつくと、紘平の激しくなる鼓動を感じながら、自らもそれを快感へとつなげていく。

「あっ、ああ……いいデスよぉ、エルのお尻にぃ……思いきりぶちまけてぇ……!!」

「っ……ああ……っ!!」

エルが懇願した次の瞬間には、紘平が腰を震わせて、大量の白濁液を噴き出させていた。びゅるびゅると飛び散った射精は、エルの背中から尻への美しい曲線めがけて、勢いよく降り注いだ。

「っ、はぁっ、はぁっ、はぁっ……ありがとう、二人とも」

「はぁっ、はぁっ……どういたしまして、デス……♥」

「はい……♥　紘平くんが気持ちよかったなら、よかったです……」

気づけばバスルームは湯気にあふれ、それがまるで三人が生み出した熱であるかのように、濃密に漂っていた……。

「ほら、エルもちゃんと乾かさないと、風邪をひくよ」

「ありがとうです、コーヘイ……♥」

三人はどうにかこうにか風呂に入り終えた。欲望まみれで、危うく湯あたりを起こすところだったけれど。

今は、なぜか紘平がエルの髪をドライヤーで乾かし、美夜がブラシですいていた。

「あは、なんだかおねーさんが二人になったみたいで、エル嬉しいデス……♥」

「ふふっ、紘平くん、お化粧してなくても髪が長いし、女の人みたいだし……そういえば、お化粧も上手だよね！」

「桂に習ったんだ。桂に言わせると、メイクは絵を描く才能のようなものらしいけどね……要は、顔っていうキャンバスに、いかに好みの顔を描けるかってことなんだそうだけど」

「な、なんだかそんなふうに言われちゃうと、素材は関係ないって感じですね」

「ある程度はどんな顔でも、それで美人にできるって桂は言ってたけど……まあ、美夜さんとエルは素材がいいからね」

「えへへ、そ、そうでしょうか……♥　でも、コーヘイにはかないません！」

「あのね、エル……これでもそれなりに、女顔なのは気にしてるんだ」

「ふふっ……でも、おかげで私は紘平くんに逢えたから、感謝してますよ？」

美夜に言われて、紘平は肩をすくめる。実際それは事実だったから、それについては反論する気もなかったけれど。

「私はそばかすが消えないから……」

ため息をつく美夜の頭を、紘平がそっとなでた。

「そばかすはほとんどが遺伝なんだって。だから消すことはできないけど、手入れを続ければ薄くすることはできるらしいよ……美夜さんは真面目なんだから、その気になったらちゃんとできるでしょ。それは、自分がかわいくなくて済むための言いわけだよね？」

「う……っ」

紘平の論理的な言葉に、美夜は鼻白む。

「あと、美夜さんは俺のそばにいてくれるみたいだから、そこはがんばって綺麗になってくれるよね？」

「う、うう……っ、が、がんばります……」

涙目になる美夜に、紘平は笑い出した。

「まあ、自分で化粧してみて思うけど、女の子は大変なんだよね……だから綺麗でいることをあきらめるのが、すごく楽なことなんだっていうのもよくわかる。男の友だちで、顔のことをそこまで気にしてるヤツなんていないんだし」

「うん……でも、私でも綺麗になれるんだって、紘平くんが教えてくれたから。そこは頑張りたいな」

「……そっか」

そんな二人のやりとりを、エルは楽しそうに眺めていた。

「そっかあ、みゃーをセットクするには、やっぱりみゃーよりも頭がよくないとダメなんデスねえ。わたし、いつもみゃーに丸めこまれちゃうからうまくいかないんだなー」

「エルってば……私だって知ってるよ？　エルに甘えられたら私が断れないの知ってて、エルがわざと甘えてくるの！」

「あはっ、あれれ、なんのコトデスか？　エルは何にも知らないデスよ？」

互いの深いところまで知ったからなのか、二人はきっと、今までしてこなかった突っこんだ話ができるようになったようだ。

「……さて、こんなものかな」

約束通り、紘平は化粧をして紘子の姿になった……黒のキャミソールを着て、それからガーターベルトを着けた。さすがにそんなものは着けたことがないわけで、紘平もそこで少し手間取った。

「構造的に、これはベルトの上からパンティを穿くんだな……」

ガーターベルトの下にパンティを穿くと、ベルトが邪魔をしてパンティを脱ぐことができなくなる。だからベルトの上から穿かなければいけなかった。

「……いや、まあ。それ以上に女もののパンティには抵抗があるんだけど」

とはいえ、ガーターベルトの上に男もののパンツを穿いても面白おかしいだけだから、それよりは倒錯している方がまだマシだと思える。

「ちん×んがはみ出すな……」

女性用の下着は小さい……恐らくは和実の趣味なのだろうが、渡されたパンティはかなりローライズ気味で、明らかにそこを狙っている節がある。きっと今頃、和実が缶ビールをあおりながらゲラゲラ笑っているであろうことを想像すると、今度覚えてろよ、という気持ちが少なからず紘平の中で沸き上がってきていた。

「お待たせ……って」

着替えを済ませてベッドルームに行くと、美夜たちは美夜たちでおかしなことになっていた。

「わあ……綺麗。さすが紘平くん……あれっ、紘子さんの方がいいのかな」

「どっちでも、美夜さんの好きでいいよ」

「じゃあ、今晩だけ紘子さんでお願いしてもいいですか?」

「……いいですよ。それが美夜にとって必要なことならね」

美夜の願いに、紘平は喉を押さえて軽く咳をすると、声の高さをソプラノ気味に引き上げた。

「コーヘイ、地声が軽いから、高くしゃべるとちゃんと女の人の声に聞こえるんですね。これじゃ男の子だって見抜くのは無理だって思います……」

「見抜けるような女装なら、最初から人前に出たりはしませんから」

話し方が変わると、まるで紘平の性格まで変わってしまうように見えて面白い——美夜たちはそう思った。

「それで、二人はどうしてそんな格好なのかしら」

そう、二人は裸の上にさっき料理の時に着けていたエプロン一枚、という出で立ちになっていた。

「裸エプロンデス!」

「あ、ええ……そのままのネーミングね」

エルは嬉々として宣言するけれど、紘子は知らない言葉らしく、首をかしげた。

「日本の新婚家庭では、新妻はこれを着て旦那さまの子作り意欲を促進すると聞いているのデスが!?」

「そ、そうなの？　それはちょっと聞いたことがないのだけれど……確かに、こんな姿でキッチンに立たれたら、旦那さまは背後から子作りをしたくはなるでしょうけど……」

背中を向けた時は裸なのだ、そのギャップがそういう需要を呼ぶのだろう。

「紘子さん、その格好をするのに抵抗があったみたいだし……私たちも、恥ずかしい格好をした方がいいかなって。それに……」

「それに？」

「それに……私たちも、言ってみれば紘子さん――ううん、紘平くんの新妻みたいなものなんじゃないかなって！　えっと、その……お、思ったものですから」

そこまで自分で言っておいて、美夜は顔を真っ赤にする。

「ふふっ……そうね。なら、私もかわいい新妻さんたちを愛《め》でなくちゃ」

紘子はひとしきり笑うと、美夜をぎゅっと抱きしめて、そのままぐっと唇を奪う。

「んう……っ!?」

驚きで目を見開く美夜だったけれど、やがてうっとりとした顔になると、身体の力が抜ける。

「ふぁ……んっ……ちゅぷっ、ぁふ、しゅきぃ……♥　んっ、ぉむ、ちゅぷっ……」

口腔に入りこんでくる舌を受け容れて、蹂躙されるがままに任せる。

「ふふっ……かわいいお嫁さんね」

「ふぁい……およめさん、れしゅ……♥」

美夜はくたっとして、紘子に支えられる……どうやら、ファーストキッスとしては刺激が強すぎたようだ。

「ヒロコ……二号さんにも、ちゅー、してくださいデス……♥」

「……もちろん」

美夜を右腕に抱えたまま、しがみついてくるエルに、上体を屈めてキスを受ける。

「んーっ、ちゅっ……ちゅるっ、るろぉ……んふぅ……♥」

エルはキスに慣れてきたのか、舌の探り方が大胆になってきた。

「らめぇ……わたしも、するぅ……♥」

「わっぷ、美夜……!?　んう……っ！」

そこでおぼろに意識の戻った美夜が、両手で紘子の頬を捕らえて、エルとのキスを引き剝がして自分の方に向けさせ、もう一度唇を合わせてくる。

「ぷは……っ、危ないよ、美夜……わっ……!?」

「うわわわ……っ!?」

もうろうとする美夜が足を引っかけて、三人はバランスを崩すと、そのまま背後のベッドの上にぼふっと倒れこんだ！

「……参ったわね」

機転を利かせて、紘子が美夜を抱きかかえて倒れたので、三人はそれぞれ無事だったが、紘子は冷や汗をかいて苦笑した。

「みゃーは、本音ではずいぶんと焼きもち妬きなんデスね……」

一緒にベッドに倒れこんだエルが、くすくすとおかしそうに笑いをこらえている。

「ふふっ、そうね」

紘子とエルが笑い合っていると、もぞもぞと美夜が起き上がる。

「わ、私っ、今なにか変なことしませんでしたかっ!?」

それを聞いて、二人は笑い出す。

「あははっ、別に変なコトはしてないデス……ただ、エルとちゅーしてる最中のヒロコのことを引き剝がして、自分がちゅーしただけデス♥」

「ええっ!?」

美夜は驚いて困り顔になる。それはそうだろう。

「ごめんなさい……私、ぼんやりしてて……」

「気にしなくていいデス。でも、そんなに焼きもち妬きだと、ヒロコにきらわれちゃうかもデスよ？」

「ううっ、不本意です……」

からかうようなエルの言葉に、美夜は顔を赤くする。

「みゃー、そんなに落ちこまないでください。まだメインイベントすら始まってないんデスからね？」

「メインイベントって……あっ……」

そうだった。自分の初めてをもらってもらうことだった……そう思い出して、美夜は顔を真っ赤にした。

「とりあえず、迷惑をかけたので、ご奉仕をするのがいいと思います！　新妻デスからね！」

「ごほうしって……あっ」

仰向けになって倒れたせいで、キャミソールの下で窮屈そうにしている紘子のモノに気がついた。

「あの……見ても、いいですか？」

「いいよ……ちょっと笑っちゃうと思うけど」

おっかなびっくり美夜がキャミソールを持ち上げると、小さなパンティから剝き出しのペニスが飛び出して、反り返っていた。

「……おっきい。これが、エルの中で暴れてたんだ」

「あの、みゃー……その言い方やめてください……っていうか、次はみゃーの番デスから！」

「そっ、そうだよ……ね……」

そっと、美夜が手を伸ばしてペニスに触れた。

「わ、すっごく熱い……！」

「えっ、そうなんデスか⁉」

美夜の感想を聞いて、エルも手を重ねる。

「こら、そんなに強く握らない」

「あっ、ごめんなさいデス……でも、手でするエッチもあるデスよね？　あ、さきっぽがぬるぬるしてます……」

「んっ……じゃあ、手でやってみる？」

「はい！　教えてください！」

「わ、私も……」

二人とも興味津々で、紘子のペニスを手で愛撫し始める。

「えっ、よだれ……デスか⁉」

「そう。少し濡れてないとこすっても痛いだけから」

「でも、紘平く……紘子さんのおちん×んに唾を吐いちゃうみたいで、ちょっと……」

美夜とエルは、困ったように顔を見合わせる。

「じゃ、じゃあ！　わたし、コーヘイのおちん×ん、ペロペロします！　それなら濡れますよねっ⁉」

「えっ⁉　いや、まあそうだけど……」

それならそれでフェラチオの方が早い気もしたが、きっと別の話だろう。そう思ってそれ以上何も言わなかった。

「コーヘイだって、エルのあそこ……その、舌でかわいがってくれましたし。わたしもしてあげたいデス……」

エルは紘子のペニスを下着から引っ張り出すと、しばらくしげしげと眺めてから、意を決したかのように舌を伸ばした。

「んっ……ぺろっ、れろっ……わ、わっ⁉」

刺激され、硬くなっていたペニスに血液が回ってさらに硬くなる。

「今、おちん×んの根元の方が、どくんどくんってしました！」

「あはは……昂奮するとね、充血してどんどん硬くなるんだ」

「ええっ、まだ硬くなるのですか……そういえば、エルの中に入ってた時も、すごく硬かった気がするデス！」

「わ、私も……舐めます！」

俄然興味が湧いたのか、美夜もエルと一緒になって、紘子のペニスに顔を寄せた。

「半分ずつ舐めるデス、みゃー」

「う、うん……」

二人そろって指で根元を押さえると、同時にそろそろと舌を差し出す。

「んっ、れろぉ……」

「んう……ちゅっ、ちゅる……っ」

「うあ……っ」

美少女二人に両側から舐められて、さすがに紘子も声を上げた。

「い、痛かったですか……っ!?」

「いや、大丈夫……」

「あ、じゃあ気持ちよかったんデスね!?」

美夜の心配に答えると、エルが声の理由に気づく。

「……そうだよね。女の子も舐められたら気持ちいいんだもの」

女子二人は互いに視線を交わすと、俄然気合いを入れて舐め始めた！

「う……わっ!?」

「ぺろ……っ、ちゅっ、じゅる……っ♥」

「んっふ、はむん……ちゅっ♥　ぴちょ……っ」

「あう……っ、ちょっと、二人とも……っあ！」

互いの舌が触れ合うくらい舐め回す。美夜の舌が雁首をかすめ、紘子が刺激に思わずうわずった声を上げると、二人は目を輝かせる。

「ここが気持ちいいんだ……」

うっとりとした表情で、美夜が雁首に舌を這わせる……より大胆になると、次は口の中に亀頭をくわえこんだ。

「うわっ、みゃー大胆……！」

「んっ……うぶっ、んっ、くちゅっ、ちゅる……っ♥」

美夜が口の中で、舌を使って亀頭をねぶり回す……そんなつたない快感に、紘子も腰を軽く跳ね上げる。

「んっ！　ぷぁ……びっくりしました。き、気持ちよかったですか？」

「ああ……すっごく気持ちいい」

小さく息を弾ませて紘子がそう答えると、美夜は嬉しそうに頬を赤く染めた。

「あ……気がついたら、おちん×んべとべとにしちゃいましたね……」

「ん、そんなに濡れたなら、もう手でこすって平気……基本は、人差し指と親指で輪をつくって、その輪っかで締めつけながら上下にしごくの」

「えっと……こう、デスか？」

エルが恐る恐る、言われた通りに手で筒を作って、上下にペニスをしごき始める。

「ふあっ！　な、指の内側でびくんびくんってしてます……！」

「血管が通ってるから……強めに締めても大丈夫。女の子のとは違うから」

「は、はい……っ」

初めは言われるままに、親指と人差し指の輪でこすっていたエルだったけど、徐々に要領をつかんできたらしく、いつの間にか小指以外全部を使って、じゅぽじゅぽとしごき上げ出していた。

「くっ……あっ、そう、そんな感じで……っ！」

亀頭や雁首、裏筋といった、紘子が反応した箇所を理解できるようになってくると、エルの指の動きが変わり始める。手首に力を利かせて、強弱をつけ始めた。

「ああ、これすごい……指の腹でコーヘイがどんなふうに気持ちよくなってるのかがわかるデス……♥」

うっとりしながら、エルが夢中でこすり上げていく。そこには手が出せないと考えたのか、美夜はさらにキャミソールをまくり上げると、紘子の乳首に舌を這わせた。

「っ、あ……美夜ぁ……！」

「んっふ……はぁ、ぴちゅっ……きもひ、いいれしゅかぁ……？」

予想外の刺激に紘子は身体を震わせ、その反応に女子二人は嬉しくなる。

「うんっ……二人とも、そんなにっ、あぁ、したらぁ……っ!!」

エルにしても、そろそろ出そうかもという気配は見えても、加減の仕方はわからない。もしかして、と思った時にはもう遅かった!

「く……っ、うぁぁぁぁ…………っ!!」

「ひゃ……っ!!」

エルが思いきりしごき落としたその瞬間、耐えていた精液が堰を切って勢いよく噴き出し、紘子の腹と、美夜の顔へと降り注いだ。

「きゃ……っ!?」

「っ……はぁっ、はぁっ、はぁっ、ごめんね……我慢、できなくて……」

ぐったりとする紘子。美夜は自分の顔にかかったものを、指ですくい取った。

「ごめんなさいヒロコ、もしかして強すぎたデスか……痛かったりしましたか?」

「……そんなことないわ。気持ちよすぎて我慢できなかっただけだから」

ゆっくりと上体を起こすと、自分の腹の上にぶちまけられた精液を見て苦笑する……と、自分に降りかかった精液を見つめたまま、美夜が惚けていた。

「大丈夫?　美夜」

ウェットティッシュを取り、頬についていた精液をぬぐうと、美夜が我に返った。

「あ、はい……これが精液なんだなって」

少しぼうっと、熱にうかされたような様子で、美夜が笑う。

「そう、初めて見たのね……ちょっと自分の身体から出たものの匂いだとは思いたくないところだけど」

「ふふっ、そうですね。確かにいい匂いとは言いがたいですけど……でも、不思議といやらしい気分になっちゃう感じです。どうしてでしょうね」

「身体の中から出るニオイだからじゃないデスか？」

エルがきょとんとした顔でそう答え、美夜も紘子も笑い出す——確かに、そういうシンプルな理由なのかも知れない、二人もそう思った。


「じゃあエル、申し訳ないけど……少し待っていてね」

「はい！　気にしないでください。わくわくしながらここで見てますから！」

「ええっ！　そ、それは恥ずかしいよ……エル」

ようやく美夜も落ち着いてきたので、当初の計画に基づいて——美夜の初めてを始めようという話になったのだけど。

「みゃーもエルのえっちなところ、覗いてましたよねー？」

「うっ……そ、それはその……そう、なんだけど……」

「もう！　ちゃんと気合いを入れてくださいみゃー！　なんのためにがんばってスタミナのつきそうなメニューを考えたと思っ……」

「わっ！　わーっ！　わーっ！　エルのばか……っ!!」

「あっ、いけな……っ！」

「……もしかして、夕飯が肉だらけだったのって」

どうやら、紘平に精力をつけさせよう――そういう魂胆で設計されたメニューだったようだ。

「なるほど。どうりで妙に男っぽい献立だと思った」

「たはは……ごめんなさい。わたしがみゃーに吹きこんだデス！」

罪をかぶろうとする辺り、エルは潔い――けれどわざわざそんなことを言うところを見ると、別にエルが主導で考えた、ということではなさそうだ。

「まあ、食べた分だけがんばってみましょうか……おいで、美夜」

「紘子さん……」

「その前に……そのエプロンは、もう外しましょうか。せっかくの想い出が新妻の真似事じゃ、楽しくないわよね？」

美夜は紘子の言葉を聞いて目を丸くするけれど、なるほどとうなずくと、エプロンを脱ぎ捨てて紘子の手を取った。紘子は美夜を抱き上げると、ベッドの上に横たえる。

「とはいえ……多分、もうわりとできあがってるわよね？」

下腹に当てた手をそのまま茂みに下ろし、そっと秘裂を中指でなで上げる……その指には、分泌された愛液が絡み、指先をぬるぬるに変えてしまった。

「準備万端……かしらね。けどまあ、心の準備運動ってことで……♥」

「ん……っ♥」

紘子は美夜に覆いかぶさると、キスのやり直しをする……閉じて合わせた唇を舌先でノックすると、ゆっくりと開いて紘子の舌を口の中へと受け容れていく。

「ちゅぷ……っ、じゅるっ、くちゅっ……んっ、おふぁ……んん……っ♥」

互いの舌を歯茎まで誘い入れて交わっていく——互いに、不思議と心が交わっていくような心持ちを感じて、無心に唾液を交換し合う。

「ふぁ……あ……♥」

ゆっくり紘子の手が下りて、美夜のふくよかなおっぱいに触れる。

唇が離れ、紘子の上体が起き上がると——やがて両手が双丘を包みこむと、やんわりと愛撫を始める。

「気持ちいいわね……埋もれたくなる」

「んっ……あ、ふぁぁ……♥　きゃうん……っ！」

おもむろに両手で鷲づかみすると、その谷間に顔をうずめて、強く吸ってキスマークを残す。刺激に応えて、手のひらの下でむくむくと乳首がうずき、勃起し始める。

「……ほら、硬くなってきたわ、あなたの乳首」

「あっ……くん……っ、は、恥ずかしいです……あぁっ♥」

硬くなった乳首を指で挟みこみ、こりこりと刺激すると、美夜が悩ましい声を発する。

「んっ……んんっ、あっ、ふぁぁ……♥　も、そこばっかりぃ……！」

「私も、中身は男だから……おっぱいには弱いのよね♥」

「いいですよ……紘子さんが、したいだけ……」

ぐにぐにと揉みしだかれながら、うわごとのように美夜がつぶやく。

「そうしたいところだけど……そろそろ、下の子があなたの中に入りたくてうずうずし始めてるから」

おっぱいからそっと手を離すと、へそをなでてから下腹を通って、指が茂みの奥へと吸いこまれる。

「ふっ、あ、あぁ……♥」

指先がくちゅりと鳴ると、きゅっと美夜の脚が一度すぼまり……しばらくすると力が抜けて、だらしなく開いた。

「あっ、あ、あぁっ……気持ち、いい……きもちいい……ですぅ……♥」

人差し指、中指がぬるぬるになった陰唇を揉みこむように動き、膣奥から滲み出す愛液を出口へと導いていく。

「もうどろどろね……」

指を引き抜き、ぺろりと舐める……美夜は、紘子のそんな小悪魔のような表情がとても好きだった。けれど。

「……お願いします。今だけは、紘平くんで……いてください」

二人は同じひとだけど……美夜はそうつぶやいた。だから、紘平も紘子をやめて、美夜に向かい合った。

「君をここに連れてきたのは紘子……そして、ここから連れていくのは紘平だよ」

「はい……連れていって、ください……♥」

紘平は美夜に一度だけ口づけると、そのまま限界まで張りつめたペニスを美夜の膣口に押しつけると、ゆるりとこすりつけた。

「ふぁ……紘平くんのおちん×ん、私のおま×こと、キス、しちゃってます……♥」

「キスだけじゃすまないから」

夢見るような表情の美夜に、男の顔で笑いかけると、ぐうっと、凶悪なそのペニスを、ぐっと美夜の中へと押しこんでいく……！

「うぁ……あっ♥　あ、あぁあぁぁぁぁ…………っ!!」

めりめりと押し入れていくその過程で、ふつりと、小さく何かの肉襞を破り抜いた感触があり――気づけば紘平のペニスには美夜の破瓜の血がうっすらとにじんでいる。

「痛かった？」

「はい……ちょっと、だけ……」

「そっか。じゃあ、早いところ気持ちよくなっちゃおう」

かすかに涙ぐむ美夜の頬をそっとなでると、その手をそっと下へと下ろしていく。

首筋、肩、おっぱい、腰つき、へそ、下腹……ゆっくりとなでていく。

「ふぁ……あぁ……♥」

初めてペニスを迎え入れたその緊張で、美夜の下半身もきゅっと縮こまっていた。

そこを、優しい紘平の手が何度もなで上げて、その緊張を和らげていく。

「んっ、ふぁぁ……♥　うぁ、あ……っ、んっ、んん……っ！」

同時に、美夜の膣内《なか》でも抽送が始まる……痛みと気持ちよさがない交ぜになって、美夜が身もだえる。

「この辺もいい……？」

「あっ……んっ、もう、痛いのか、気持ちいいのか、わからなく……んはぁぁ♥」

ゆっくりとペニスを前後させながら、指の腹が美夜のクリトリスを捉えて、ぐりぐりと圧迫、刺激していく。

「美夜はクリトリス、得意みたいだね……結構ひとりエッチしてたのかな」

「っ!!　し、知りませんよぉ……♥　っは、こっ、紘平くん、いじわるぅ……」

「あはは……でも、エッチな子は好きだよ」

美夜の表情から痛みが抜けてきているのを見て、紘平はクリトリスへの愛撫を強めにしていく。

「きゃう……っ！　はぁ……♥　やだぁ、どんどん気持ちよく、なっちゃう……わたしっ、初めてなのにぃ……♥」

「もっと気持ちよくなっていいよ……別に、初めてだからって痛がらなくちゃいけないってわけじゃないんだし……っ、ああ、美夜の中、きついよ……！」

美夜を愛撫しながら、紘平もその初めての穴のきつさを愉しんでいる。

「んっ、ふぁ……きもちいいですか？　わたしのおま×こぉ……♥」

「ああ、ぐいぐい締めつけてくるよ……っ！」

やがて紘平も愛撫の手を休めると、抽送に神経を集中する——痛みが薄れたらしく、美夜がきゅうきゅうに膣を締めつけてきたからだ。

「ひっ、あ……!?　なに……っ、いまぁ、へんなっ、かんかくがぁ……♥」

紘平は左右に開いた美夜の脚をつかむと、上へと持ち上げる……すると、少しペニスが美夜の膣内《なか》をこすりつける角度が変わってくる。

「……美夜の感じるところ、見つかったのかな？　この辺……？」

「んん……っ！　ひうぅ……っ!?　あっ♥　あひゃぁぁ……っ！」

美夜の腰をやや浮かせて、下から膣壁をこすりつける感じで突いていく——すると、美夜の腰が跳ねた。

「やらぁ……♥　なに、こわいよぉ……！」

ひとによって異なるが、膣壁の上側には、血流の集中するところがあり、女性によっては、そこを責めると快感を呼び寄せる効果がある……美夜にも、それが見つかったようだ。

「平気だ……俺がいるから。力を抜いて、全部まかせて」

「ふぁ……♥　紘平くぅん……わかったぁ……ぜんぶ、こうへいくんにぃ……♥　あふぁぁぁ……っ♥」

感覚が集中しているということは、やりすぎれば痛みも感じるということだ……紘平は、亀頭と雁首を使って、優しく美夜の弱点をこすり上げていく。

「りゃ……っ、あ、ふぁぁ……こーへ、くん……っ♥　やらぁ、こしっ♥　こしがぁ、浮いちゃうろぉぉ……♥　やぁぁぁ……っ♥」

美夜自身は戸惑っているが、確実に快感は上がっているようだ——紘平にしても、初めてでこんな乱れようを見せられれば、昂奮は収まらない。

「っ……美夜なら、初めてでもイケるかもね……！」

わずかに美夜の腰を持ち上げさせ、紘平は少し前のめりになると、そのまま体重をかけて腰を打ちつけた……！　ぐいぐいと腰を使って、深いところまでの挿抜を繰り返す！

「きゃうっ……！　ひゃんっ、あっ、うぁ、あ、あぁ、あぁぁ……っ♥　そっ、そんなにぃ、じゅぽじゅぽしないれぇぇ……っ!!」

気づけば、美夜は我を忘れた快感に飛びかけていた。紘平も、夢中になって腰を打ちつける。

「あっ、あひっ……♥　やっ、あっ、あっ、あっ……！　らめらよぉ……！　わらひっ、わらひもぉぉ……っ♥　イッちゃ、イッちゃうよぉぉ……っ！」

「いいよっ、イッてっ……いつでも……っ！」

二人はもはや快感しか見えていなかった。けれどそれは、美夜の想いを紘平が受け止めた結果でもあるのだろう。紘平は美夜の脚の片方を抱えると、最後の追いこみをかけていく……！

「うぁぁあっ！　あっあっあっあっあっあっあっ……あぁ……！」

「っ……美夜っ、もう……っ！」

紘平は機関銃のように美夜の膣内《なか》へ杭をうがつ。美夜もそれを従順に受け容れると、快感に身体を震わせる……やがて背中を這い上がる射精欲が臨界を越えて、紘平が獣のようなうめきを上げた……！

「ぐぅ……ぁあぁあああ……っ!!」

美夜の最奥に突き入れると、想いの丈を全部ぶちまけた……！

「うぁ、ああ……イクっ♥　イクぅうう〜〜〜っ……!!」

下腹の奥でどくん！　どくん！　と白濁が勢いよく噴き出す。美夜はそれをすべて膣壁で受けると、絶頂に全身をがくがくと痙攣させた。

「っくう……はぁっ、はぁっ、はぁっ……美夜……」

「あ……はぁ……っ、あ、あぁ……♥　こーへ、くん……らい、しゅきぃ……♥」

その言葉を確かめてから、紘平はそっと美夜にキスを一度すると、その横に倒れこむ。忘我に絶頂を繰り返す美夜のその表情は、惚けてはいるが、幸せそうだった……。

「んっ……はぁっ、はぁっ……ず、ずるいデス二人ともぉ……」

紘平の昂ぶりの波が少し収まり、落ち着いてきた頃、すすり泣きのような声がベッドのそばから聞こえてきた……エルだ。

こちらもとうにエプロンを脱ぎ捨てていて、泣き顔をくしゃくしゃにしながら、必死に指を自らの秘裂にこすりつけていた。

「目の前で、こんなすごいのを見せつけられたらぁ……エルも、が、我慢できなくなっちゃいますよぉ……ふぁ、ふぁぁ……コーヘイのおちん×ん欲しいです……♥」

「ん……そっか、ごめんな」

紘平の言葉を聞いて、よろよろとエルがベッドに歩み寄る……一歩歩くたびに、股間から待ちわびていたように愛液をぽたっ、ぽたっとこぼしながら歩く。

「ちょっと全力出しすぎちゃったから……エルが勃たせてくれるか？」

「わかりましたぁ……どうすればいいデスかぁ……？」

紘平は、まだ半勃ちのモノの上にエルをまたがせると、腰を動かして――素股で勃たせる方法を教えた。

「んっ……ふぁ……♥」

エルは言われた通りに半勃ちのペニスの上で腰を振り始める。

「ふぁ……あっ、ぐりぐり……♥」

エルの秘裂はすでに愛液でしとどに潤っていて、紘平のペニスの上を、滑らかにねちょねちょと音を立てて滑る――ずっと自慰を続けていたエルには、それだけでも気持ちいいが、こするたびに徐々にペニスが硬くなってくるのが伝わって、エルの期待がいやでも跳ね上がっていく。

「ああ、コーヘイ……早くエルにもこれを挿れてください……♥」

紘平の上で、エルがいやらしく腰を振り立て、そのたびに妖しく突き出された尻がくねる。すべてを吐き出した紘平だったけれど、そんなエルの様子に、すぐに硬さを取り戻し始めていた。

「もう大丈夫だよ、エル……ありがとう」

促されてエルが腰を浮かせると、力を取り戻した剛直が、天を向いて反り返った。

「あは、カチカチデス……♥」

「エルもすっかりエッチになったね」

「そんな言い方はひどいデス……教えたのはコーへイデスよ？」

「あはは、そうだった……」

無邪気に舌舐めずりするエルに、紘平は苦笑する。

「じゃあ今日は……自分で入れてみる？」

「えっ、どうするのデスか……」

「このまま入り口だけ合わせて、ゆっくり腰を下ろすだけだよ」

「なんだか合体ロボットみたいデスね！　面白そう……」

目を輝かせると、さっそくエルは挿入を試みる。

「んっ……この辺、かなぁ……♥」

手でペニスの根元を押さえると、位置を合わせて腰を沈めていく。

「んぁあ……♥　挿《はい》ってきましたぁ……♥」

みぢみぢと、エルの自重を使って、紘平のペニスがエルの膣内《なか》に呑みこまれていく。

「っ……やっぱりきついね、エルの膣内《なか》は」

エルの高い体温と、強い圧迫で、自分のモノがエルの膣内《なか》に収まったことを確かめる。

「はぁ……♥　あれ？　でもこれ、動けないデス……」

「腰を浮かせると抜けちゃうかもね。少し前屈みになって、上下っていうよりも、前後って感じで腰を振ってみて」

「前に……デスか？　んっ……あ、本当……抜けていきます……ふぁぁ」

「そう……入れる時はお尻を突き出すように後ろに戻す」

「後ろに……んぁあ……は、挿ってきますぅ……♥」

何度か前後してコツをつかんだのか、しばらくすると、エルは紘平の上で腰を振り始めた。

「ふぁ……ふぁぁ……コーヘイのぉ、硬い、デス……♥」

ぐちゅぐちゅと淫猥な音を立てながら、エルが腰を振り立てる……日本人離れした体型で、突き出され、乱れる尻の形がすごくいやらしい。

「うまく動けるようになったね……これで……」

紘平は、エルがペニスを呑みこもうと動くタイミングに合わせて、下から腰を突き上げる。

「おほぉ……っ!?」

突然、予想もしていなかった強さで膣奥にペニスを打ちこまれて、エルが素っ頓狂な声を上げげた。

「うぁ……こ、こーへ……いまの、しゅ、しゅごいぃ……♥」

「気持ちよかったみたいだね……」

「んっ、はぁ……やっぱり、コーヘイのおちん×ん……きもちいいよぉ……♥」

ふにゃふにゃになりながら、エルは尻を振り続ける……どうやら女性上位を気に入ったようだ。

「紘平くん……♥」

気づけば、美夜も起き上がると、紘平のそばにやって来る……しなだれかかってきたので、抱きかかえるとねっとりと唇を重ねた。

「ふぁ……みゃー、コーヘイ借りちゃってますぅ……♥　あっ、ふぁぁぁ……♥」

ぐいぐいと腰を振り立てながら、エルが幸せそうな顔をする。

「大丈夫、美夜……痛くない？」

「はい……♥　紘平くん、とっても素敵でした……」

美夜も、嬉しそうに身体を押しつけてくる。

「おしまいでいいの？　まだ夜は始まったばっかりだけど」

そう言われると、美夜は顔を赤らめて、少し戸惑ってから……首を横に振った。

「私も……もっとしたいです……♥」

下半身でエルとつながったまま、紘平は美夜ともう一度キスをした……。


「あの……でも、恥ずかしいです、紘平くん……」

しばらくして、美夜は紘平の顔の上にまたがっていた。

「美夜は、恥ずかしい方が気持ちよくなるでしょ……ほら、俺の上に手を突いていいから、もっとお尻を突き出して」

「は、はい……こうですか……？」

おずおずと、美夜が紘平の眼前に尻を突き出す……それはとてもボリュームのある、エロチックな情景だった。尻を突き出したせいで、自然と陰唇が開き、奥からさっき注ぎこんだ白濁が沁み出してくる。

「やらしいね……ずいぶん奥まで呑みこんだんだ」

「あ、ひう……っ!?」

指を二本、そろえて膣穴に押しこんでいく……ずぶずぶと入っていく指に漏れた精液が愛液と一緒ににじんだ。

「あは……♥　みゃー、すごくえっちい顔してますよぉ……♥」

「んっ、はぁ……そ、そんなのエルに言われたくないもん……っ」

そういうエルも、紘平のペニスをくわえこんでとろけるような表情をしている。

「あぎゅ……っ!?　う、ぁぁ……♥」

そのタイミングで紘平から突き上げられると、また奇声を上げる……気づけばよだれをたらして、随分とだらしのないトロ顔に変わっている。

「ふふっ、エルも気持ちよさそう……ひあっ!?」

今度は美夜の膣奥に深々と指が突き刺さる……その表情はエルとあまり変わらなくなっている。

「ふぁ、ぁ……♥　い、いじわるです、こーへい、くん……♥」

快感にぶるぶると背筋を震わせる……倒れそうになるところを目の前のエルに手を摑まれて、二人はお互いに寄りかかり、それぞれに押し寄せる快感に耐えた。

「……そういえば、美夜はこっちはどうなの？」

「えっ、こっちってど……ひぐぅ……っ!?」

聞き返そうとした瞬間に奇声を上げた……紘平の舌が、無理やり美夜の尻穴にねじこまれたからだ。

「あひ……っ！　だ、だめですよぉ……そ、そんなとこぉ……♥　き、きたないですからぁ……あ、ぉあぁぁ……♥」

言いながら、表情には喜色があふれていく。返事をするまでもないようだ。

「あぐっ……ぁ、うぁぁ……♥　お尻の穴に、あぁ……舌が、は、入ってきちゃってます……だ、だめぇ……！」

「大丈夫でしょ……お風呂であんなに丁寧に洗ってたんだし。期待、してたんですよね？」

「ふぁ……み、見てたんですか？　紘平くんの、意地悪……あおぉ……!?」

遠慮会釈なく紘平の舌が美夜の尻穴にねじこまれ、その感触に美夜は悶絶した。

「ああ、みゃー、すっごくだらしないかお、してまひゅ……みゃーもエルといっしょに、お尻のあなまでずぼずぼにされひゃうんれすねぇ……♥」

エルはエルで、紘平の下からの突き上げでふらふらになっていて、美夜に寄りかかってどうにか起きている状態だ。

「うぁぁ……♥　こーへ、しょんなごりごりしないでぇ……も、わらひ、イキすぎてろーにかなっひゃいまひゅ……♥」

紘平の責めはどちらに対しても執拗で、二人は互いに寄りかかることで、どうにか体勢を維持していた。

「……そろそろ、ほぐれたかな」

紘平は美夜の膣を責めてどろどろになっていた二本の指を引き抜くと、そのままそれを美夜のアヌスに突き刺し、埋めこんでいく。

「あぐぉ……お、おお……お尻に、硬いのがぁぁ……♥　あぁ、らめぇ……♥」

ずぶずぶと沈みこんでいく指を受け容れて、美夜はぷるぷるとボリュームのある尻肉を痙攣させた。

「いいね。ばっちりくわえこんで……どう？　痛くない、美夜」

「はっ、はいぃ……♥　ずっと、こーへいくん……なめてくれてたからぁ……♥」

大丈夫そうなのを確かめて、紘平が指を二本から三本へと増やしていく。

「うっ、うっ、あうぅ……っ！　はっ、はぁぁ……♥　お、お尻がひらいてぇ、ああ、空気入っちゃう……やぁぁ……♥」

最初はくちゅくちゅという音を立てていた美夜の尻穴も、延々と拡張されて、気づけばぐぽぐぽといういやらしい音を立てていた。

「ああ……そんなやらしい音聞かされたらぁ……エルも、自分がされた時のこと、思い出して気持ちよくなっちゃいますよぉ……♥　あぁ、はぁぁ……♥　みゃーきもちよさそうれす……」

「きもちいいのぉ……♥　こんなとこでなっちゃらめらのにぃ……どうしよぉ、エル二人一緒に犯してやるのも面白いのかも知れない、そんなふうに考えた……。

「しょーがないれす……エルも、すっごいきもちよかったれすからぁ……♥」

不安の陰で、尻穴快楽に対する期待がどんどんと膨らんでいく。それを見て紘平は、

う……すっごくきもちいいのぉ……♥」

「んんっ……はぁっ、はぁっ、はぁっ、はぁっ……」

「はぁっ、はぁっ、はぁっ……あうぅ………」

長時間の責めに、美夜もエルもぐったりしてしまっていた。

「……大丈夫？　二人とも」

「エルは大丈夫デス……っていうか、コーヘイ、ぜったい狙ってましたよね……」

「だよね……私も、今やめられたら……」

半端な昂奮状態で放り出されるほうがつらい、ということらしい。

「安心して。やめたりしないから……でも、ちょっと休もうか」

倒れている二人の頬をなでると、二人ともその手を取って嬉しそうに頬ずりをする。

「裸でいられる温度って、結構疲れますね……」

「あはは、そうかもね」

今この部屋は、裸でいても風邪をひかないように、温度が二十八度に設定されてい

るが、それが逆に呼吸するには息苦しいようで、二人ともぐったりしている。

「ちょっと、冷たいお茶でも煎れてこようか」

「お、お手伝いします……あうぅ……」

「あはは、いいから、無理しないで」

「ご、ごめんなさい……」

すっかりグロッキーなのに、それでもけなげに起き上がろうとする美夜をかわいいなんて思いながら、紘平はキッチンに向かった……。


「……うう、ちょっと怖くなってきました」

――休憩のあと、続きをすることになったけれど。

「さっき、あれだけお尻であんあん言ってたじゃないデスか！　大丈夫デス！」

「うん、まあ女の子の口から出る言葉じゃないよね……」

「そうしたのはコーヘイです！　本日二回目デス！」

「はいはい」

紘平は肩をすくめる。

「でもそうだね、さっき動けない時に、無理やりしちゃった方がよかったかな」

間を置けば不安になるのは、人間の心理というものだから、そういう意味でも、とは思う。

「そうですね……でも私は、ちゃんと私たちのことを考えてくれる紘平くんが好きです、か……ら…………」

自分で言いだしたのに、途中で恥ずかしくなったのか、真っ赤になって尻すぼみで終わってしまう。美夜らしいといえばそうなのかも知れない。

「あはっ！　まあ、そういうワケなので……C'MON《カモン》!なのデス！」

エルはごろんと仰向けに転がると、両手を拡げる。

「……そうですね。教えてください、紘平くん♥」

美夜はそのエルの上に覆いかぶさった。二人がそろって、恥ずかしい場所をさらして紘平を待っていた。そう、三人は同意の上でここにいるのだ。

「じゃあ、覚悟してくださいね……二人とも？」

そんな言葉に、美夜もエルも、恐怖と期待で唾を呑みこんだ……。

「じゃあ二人とも、まずはこれからかな」

そう言って紘平がシリンダー型の注入器を取り出す。

「な、ナンデスカ、それ……」

明らかに二人が固まったので、紘平は笑う。

「これはローションだよ……休憩もしたし、そのままだとおちん×ん入らないでしょ」

「ああ、そうですか……ならよかっ……待ってください！　よくないデスよ!?」

エルが一人ボケツッコミをしてから、中身はともかく、それが浣腸器であることに気がついた。

「あれ、気がついた？　エルならだまされると思ったんだけどなー」

「つ、つまり……それで私たちのお尻に、ローションをお浣腸する……ってことですよね？」

「うん。でも別に下剤ってワケじゃないし……二人ともそのあとに俺のおちん×ん挿れられるんだけどね？」

「そ、そうデスが……なんだかその形に抵抗があるデス……」

「大丈夫。そんなに入れないし……それに、二人とも怪我をしたら大変でしょう？」

「そうですね、確かに……」

「ううっ……なんだかどんどん変態さんになっていく気がするデス……」

観念したのか、二人ともおとなしくお尻の穴を差し出す。

「じゃあ、ちょっと我慢してね……」

先に少しローションを指先に出して、まず二人のアヌスの周りに塗りつける。

「ふぁぁ……」

「んん……っ！」

ローションを揉みこんで、指先が入るくらいに入り口をぬめらせて……今度は注入器の嘴口を挿入していく。

「んっ……あぁ、入ってくるデス……」

「じゃあ、注入するね」

ゆっくりと、内筒を押しこんで、腸内にローションを流しこんでいく。

「ひう……っ、あ、あぁ……入ってきます。なんだかすごくいやらしい感じデス……」

ゆっくり引き抜くと、嘴口がくぷり、と音を立てた。

「あう……っ！」

「じゃあ、次は美夜だね」

「は、はいぃ……んう……っ」

こちらも挿入して、ローションを流しこんでいく。

「んう……っ!?　はぁぁ……つ、つめたいです……あ、あ……♥」

「……あ、みゃーはなんだか気持ちよさそうな顔をしてます！　そっちの気があるデスか！」

「そ、そんなのじゃ……ひゃううう……っ♥」

否定しようとした矢先に嘴口を抜かれて、つい甘い声を上げてしまう美夜。

「ううっ……不本意ですぅ……」

「いいんじゃない？　それ、お尻エッチの才能があるってことでしょう？」

「そ、それも不本意ですぅぅ……！」

「あははっ……」

みんなひとしきり笑うと、もう息を呑んだ……三人でアナルセックスをするという異常な状況に、昂奮が隠せないのだ。

「じゃあ、美夜の不安を取り除くために、エルからしようか」

「は、はい……」

エルがゴクリと喉を鳴らす……それを見た紘平は小さく笑い、まずは指を二本、エルのお尻に押しこんでいく。

「んはぁ……っ!?」

指を入れた先ではローションが絡みつき、腸内をぬるぬるにしている……しばらく穴をもみほぐして、引き抜いた時には、穴の周りがローションでてらてらと光っていた。

「……本番」

「んっ……あ、あぁあぁあぁ……っ⁉」

ずぶり、といきなり深くペニスが突き入れられて、エルは自分で思っているよりも大きな声を出してしまった。ローションのために、前回よりも摩擦なしに一番奥まで入ってしまったからだ。

「あ、あ……これぇ、このあいだと……ぜんぜん、ちがうぅぅ……♥」

接合部ではぶちょっ、ぶちょっ、というローション特有の粘質な音が立ち、それがなんとも言えない、やや下品なエロさを醸し出している。

「気持ちいいでしょ？」

「うぁぁ……なに、こえぇ……♥ こんなの、反則れしゅう……♥ おっ、あ、おおぉ……♥ おにゃかんにゃかぁ、ぜんぶひっぱりだされひゃうぅ……！」

言いながら、紘平は容赦なくエルの尻穴をうがっていく。エルはなすがままになって、抽送のたびに下品なあえぎ声を上げている。

「エルちゃん……」

美夜はエルの変化に驚かされる。幸せそうな表情はどこか切迫していて、快感という名の迫力に満ちているように思える。

「あ、あぁ……きもちいい♥ コーヘイ、きもちいいれすぅ……！ エル、これじゃろーにかなっひゃうれすよぉぉ……♥ おほぉぉ……♥」

ペニスを引き抜くたびに、ローションで少なくなった摩擦が、まるで腸が引きずり出されるような錯覚をエルに味わわせていた。

「……いいよ。イケるならイッちゃっていい……大丈夫、身体がこわれたりはしないから！」

ぐっぽぐっぽと雁太な紘平のペニスが尻穴をうがつたびに、エルの口からはだらしないよだれがこぼれ、はしたない嬌声がほとばしった。

「んおお……♥ はひぃ……！ イクぅ、もう最初のアクメきひゃいましゅう……！こんなのぉ、こんなの耐えられっこないよぉぉ……♥ んっ、ぐううううぅ！」

呆気に取られているうちに、美夜の目の前でエルが最初の絶頂を迎える……そうすると美夜の脳裏には、次は自分なんだ……という昂奮と、自分もこんなふうになる、そんな恐れが同居して混乱し始めた。

「……大丈夫？ 美夜」

背後で呼吸を整えた紘平が、今度は後背位で待っていた美夜の尻をそっとなでたのだ。

「こんなふうになっちゃうって思うと……ちょっと怖いですけど、でも、すごくドキドキもしています。私、おかしいんでしょうか……」

紘平は無言で、不安に揺れる美夜の尻をなでる……それだけで、不思議と気持ちが高まってくる。

「……誰が嫌っても、俺はエッチな美夜のことが好きだよ」

「…………!!」

不意に発せられたその言葉に、美夜はすっと、すべてが落ち着いたような気がした。

「お尻でセックスする時は、この穴は『ケツマ×コ』って言うんだ」

その言葉と同時に、二本の指が美夜の尻穴に——いや、ケツマ×コをこじ開けにかかる。

「あっ、くう……っ！　あ、あぁ……そう。紘平くんが、見ていて、くれるならぁ……♥」

ローションで道を徹されて、指を抜いたあとの美夜の尻穴は完全には閉じず、ひくひくと紘平のペニスを待ちわびている。

「はぁっ、はぁっ……お願い、紘平くん……私のぉ、美夜の、ケツマ×コぉ……どうぞ、調教して欲しいのぉ……！」

その言葉に、紘平は無言で膨らみきったペニスを突き入れて、美夜のケツマ×コ処女を奪った……！

「あっ、がぁぁぁ…………っ!!」

美夜は、めりめりとケツマ×コを押しひろげられる感覚に目を見開いた。無理やり

に自分の部屋のドアをこじ開けられたような、そんな気分に襲われていた。

自分すら知らない、自分の本性を知られてしまったかのような……そんな気持ちだった。けれど、そこに不快さはなかった。

「熱いね……美夜の腸内《なか》。すっごく気持ちいいよ……！」

「うぁあ……♥　わらひも、ぉ……わらひもぉ……♥　しゅっごく、きもひいい……れしゅう……！」

痛みよりも、圧迫感よりも、かすかに感じる吐き気さえも、気にならなかった。

押しひろげられるその感覚に、視界にはパリパリと光が明滅する。

「はぁ……♥　はっ……ひろがっひゃう……ケツマ×コぉ……ひろがっひゃうろぉ……♥」

身体中に電気が走っていた……毛穴という毛穴が開いて、鳥肌が立つような奇妙な感覚が全身を包みこむ。

いい子を演じていた自分が、全部粉砕されたような、そんな瞬間だった。

「う、あっ……あおぉ……♥　お、おぉ……！　ぞくぞくしひゃうぅ……！」

紘平は美夜の様子を見ながら、ゆっくりと抽送をしていたが、見たこともない興奮状態に、その挿抜を速めていく。

「くぁ……すごい締めつける……美夜、そんなに気持ちいいんだ……」

「ひゃっ、ひゃいい……♥　けちゅま×こぉ、きもちいいれしゅ……！」

それだけわかれば、もう聞くことは何もなかった……紘平は心が赴くままに、美夜の尻穴を犯し、蹂躙する。美夜もその衝動を受け止めると、心のままに乱れて見せた。

「んおっ、おっ、おぉ……っ♥　してぇ！　もっと、おしりのあなぁ、じゅぽじゅぽしてくらひゃぁ……！」

「わかってる……！」

紘平は美夜の腰をぐっとつかむと、かなう限りの責めを美夜に味わわせる。美夜が何かを吹っきったのだということを、紘平だけは知ったのだ。

「んっ、あっ、おっ、おぉ……♥　あっ、あおぉ……っ！」

入り口だけがまるで万力で締められているかのようにきつくて、中はいっぱいのローションでふわふわになっていた。

「っ……すっごい、きつい……！」

ぐぽぐぽと美夜の尻穴をうがちながら、紘平も、すごい勢いで気持ちよさが昇ってくることも気がついていた。

「ごめん……もう、出すよ……！」

「はひぃ……！　くらひゃいっ、こーへいくんのせぇしっ、わらひのけちゅま×こに、おもいっきりかんちょうしてくらひゃいぃ……っ!!」

「くっ、ぁあああぁぁぁあ………………！」

美夜のおねだりに、そのまま紘平は精液を腸の奥へと射ちこんでいく……！

「うぁ、あぁ……あぁあああぁぁああああぁぁあぁああああ～～～～～っ……!!」

後背位で腸道の一番奥までうがたれ、子宮の裏側を叩くように放たれた白濁は、激しい快感を美夜にもたらした。視界にちかちかと光が明滅し、口を閉じることを忘れさせた。

「あ、うあぁ……♥　しゅご……こんなの、あ、あ……初めてぇ……♥」

呼吸を乱し、射精の快感にあえいだ……紘平もまた、美夜の昂奮に引き上げられて、未だしたことがないような、大量の射精を体験していた。

「っ……はぁっ、はぁっ、はぁっ、はぁっ……すごいな、美夜のケツマ×コ……」

「んっ、はぁぁ……」

ずるりと、尻穴からペニスを引き抜く——美夜の尻穴は、ぽっかりと紘平のサイズに開くと、物欲しげにぱくぱくとうごめいた……。

「うっ、あぁ……か、はっ……コーヘイ、こわれる、こわれちゃいますぅ……！」

「あ、ああっ、すごい、きもちいいです、もっと、もっとしてくらさいぃ……！」

その後は、異常な昂奮のまま、紘平は二人の尻穴を交互に犯した……美夜の昂奮が感染したのか、紘平もエルも、三人は疲れ果てるまで互いを求め合った。

「はぁ……きもちいい……エル、んっ、ちゅっ……」

「ふぁぁ……みゃー、いっしょにぃ……んっ、ふう……」

向かい合い、互いのあえぐ顔を見ているうちに、美夜とエルは唇を重ね、そしてそのまま犯されていた。

「んぁあぁぁ……！　も、もぉ、もお……っ！　イクっ、またイッちゃうぅ……！」

「わたひもぉ……わたひもまたイクっ！　も、イクのとまんにゃいよぉ……っ！」

「二人とも……っ、出すぞ……っ！」

ペニスの入らない時は、三本の指で尻穴をうがたれ、休む間もなく、連続絶頂の階段を駆け上がった……！

「おごぉおおぉぉ……イッグぅぅうううう〜〜〜っ…………!!」

「あっぐぅ……イッちゃ、あっ、あぁあぁあぁぁ〜〜〜っ…………!!」

噴き出した白濁は二人だけではなく、シーツのいたるところに降り注いだ……。

「あ……ぁ……は、ぁ……も、うごけない、れす……」

「はぁ……っ、はっ、はぁ……あ、ぉぉ……わ、わらひ、も……」

——何時間が経ったのだろうか。

三人は、どろどろに融け合うまで乱れ、交じり合った。

「うぁ……おなかが、すーすー、します……お尻のあなぁ、開きっぱなしれぇ……」

「わらひ、も……おま×こからぁ、こーへいくんの、しぇーえきぃ……どぷどぷもれれきひゃうぅ……♥」

紘平も、限界まで二人をかわいがると、もう声を出す気にもならなかった。倒れこんで、二人に両腕を腕枕に貸してやると、大きく息を吐いた。

「だいしゅきれしゅ、こうへい、くん……」

「こーへ……だい、しゅきぃ……♥」

その声に応えるように、紘平も二人の頭をそっとなでると、そのまま眠りへと落ちていった……。

エピローグ　～騒がしくも、平穏な日々……でもないか～

――それから、どうなったかというと。

「……なあ、紘平」

「なんだ？」

「その……なんとかならないのか」

「なんとかって、何がだよ」

「だからさ、あー……」

ここは写真部の部室。紘平は、桂と話をしていた。

「あの二人のことだよ……確かに始めたのは私たちかも知れないけど、程度ってものがあるだろう？」

「そうだな。そう思わないこともないけど」

「だったら、お前からなんとか言ってやってくれ」

桂が頭を抱えるようにつぶやくが、紘平は肩をすくめるだけだ。

「桂……お前にも憶えがあるだろ？　誰でもヤリ始めの頃は猿になるんだよ」

「わ、私はあんなになった記憶なんてない！」

「都合の悪いことは忘れるようにしてるんだな……まあともかく、お前が部長なんだから、ダメならダメって言ってやればいいだろう。あいつらは別にモンスター部員とかじゃないんだからさ」

「そ、それはそうなんだけど……」

桂が軽く指を噛む……その様子に、紘平は苦笑した。

「そう言えば、お前とはここんとこしてなかったな」

「えっ、何を……きゃっ!?」

珍しく桂がかわいい声を上げる……紘平に背後から抱きつかれたと思った次の瞬間、パンティを引き下ろされたのだ。

「あっ、紘平、ばかっ、だめ……うぁあぁぁ……っ!!」

まくり上げられたスカートの下、桂のスレンダーな尻が露わになると、有無を言わさずそのアヌスに指が押し入ってくる。

「……桂、我慢できなくて尻穴でオナってたね？　もうほぐれてるじゃないか」

そう言われて、桂が顔を真っ赤にした。

「っ……!!　もう、ばかっ！　ホントにデリカシーがないんだから！　そんなだから、お前は顔はいいのに対象外なんだ！　このどへんた……あぉおぉ……っ……!!」

図星を指されたのか、猛抗議しようとする桂だったが、そのまま紘平に指三本で尻穴を穿たれて、悶絶して抗議どころではなくなってしまった。

「おはようございます」

「おっはようございまーっす！」

そこへ、新入部員二人——美夜とエルが入ってくる。が、目の前の光景を見た途端、驚いてドアを閉めると、あわてて鍵をかけた。

「ちょっと二人とも！　ダメですよ、そういうコトする時はちゃんとドアに鍵をかけないと……」

「そうデスよ！　写真部がなくなったら、エルたちも困っちゃいます！」

「んっ、はぁ……もう、そう思うなら止めなさいよ……！」

——桂の言葉に、美夜とエルは顔を見合わせた。

「でも、部長も気持ちよさそうな顔をしてますし……」

「だよね……」

二人は、あえぐ桂を見てスイッチが入ってしまったのか、ごくりと息を呑む。

「これは……っ、んんっ、ち、ちがうろぉ……」

桂は桂で、このところの欲求不満が溜まっていたのか、あっさりと紘平の指技に屈してしまう。

「じゃあ今日は、部長を被写体にして、写真の練習をするデス！」

「ああっ、それいいねエル！　私たちも桂さんみたいな写真が撮れるようにならないと！」

「待てっ！　それならなんで服を脱ぐんだ二人とも……っ!?」

桂が慌てふためくがすでに遅く、二人は寄ってたかって桂の服に手をかける。

「だって、桂さんは一度イッてから写真を撮った方が、色っぽくていい写真になるじゃないですか……♥」

「そうデス！　かわいい後輩のために、ここはひと肌脱ぐべきじゃないかと！」

「だからってほんとに脱がさなくてもいいだろう!?」

「紘平くん！　ＧＯ！」

「……まあ、最初からそのつもりだったけど」

二人に押さえられている桂の尻穴に、いきり立ったペニスを押しこんでいく。

「んぁあぁ……っ！　だめぇえぇ……っ!!　あぐっ……あぁ……♥」

いきなりペニスを突き入れられて、桂は悶絶して、短く数度潮を噴いた。

「あっ……部長さん、イッちゃった？　ずるい……」

「コーヘイ、わたしたちもイキたいデス……」

二人の欲情に満ちた視線が、紘平の方を向く。

「……おいおい」


（まあ……確かに、やりすぎはよくない……かもな）

だけど、そのおかげなのか、美夜も明るくなって、自分に自信を持てるようになってきたようだ。エルとはもうすっかり本当の姉妹のようになっている。

そう思うと、もう少しこのままでもいいのかな——なんて。

そんなことを思う紘平だった……。

美少女文庫
FRANCE SHOIN

彼女《かのじょ》とカノジョの事《じ》情《じょう》
憧《あこが》れの乙女《おとめ》は男《おとこ》の子《こ》!?

著者／嵩夜あや（たかや・あや）
挿絵／カスカベアキラ
発行所／株式会社フランス書院
〒102-0072　東京都千代田区飯田橋 3- 3 -1
電話（営業）03-5226-5744
（編集）03-5226-5741
URL http://www.bishojobunko.jp

印刷／誠宏印刷
製本／若林製本工場

ISBN978-4-8296-6359-2 C0193

美少女文庫
FRANCE SHOIN

BISHOJO-BUNKO♥
ESCALE-SERIES
夏期補習
～奪われた彼女～
ほんじょう山羊［著］
サークルひとのふんどし
ゆきよし真水［原作・イラスト］
人気サークルひとのふんどし
オリジナル作品を小説化
脅迫、屈辱、
そして認めたくない絶頂
彼には言えない私の秘密

◆◇◆ 好評発売中！ ◆◇◆

原稿大募集 新戦力求ム！

フランス書院美少女文庫では、今までにない「美少女小説」を募集しております。優秀な作品については、当社より文庫として刊行いたします。

◈応募規定◈

★応募資格
※プロ、アマを問いません。
※自作未発表作品に限らせていただきます。

★原稿枚数
※400字詰原稿用紙で200枚以上。
※必ず**プリントアウト**してください。

★応募原稿のスタイル
※パソコン、ワープロで応募の際、原稿用紙の形式にする必要はありません。
※原稿第1ページの前に、簡単なあらすじ、タイトル、氏名、住所、年齢、職業、電話番号、あればメールアドレス等を明記した別紙を添付し、原稿と一緒に綴じること。

★応募方法
※郵送に限ります。
※尚、応募原稿は返却いたしません。

◈宛先◈

〒102-0072　東京都千代田区飯田橋3-3-1
株式会社フランス書院「美少女文庫·作品募集」係

◈問い合わせ先◈

TEL: 03-5226-5741
フランス書院文庫編集部